rowohlt

Stefan Slupetzky

Der letzte große Trost

Roman · Rowohlt

Gefördert von der Kunstsektion
des Österreichischen Bundeskanzleramts

1. Auflage März 2016

Satz aus der Dante, InDesign
Gesamtherstellung CPI books GmbH, Leck, Germany
ISBN 978 3 498 06152 4

In jeder großen Trennung
liegt ein Keim von Wahnsinn;
man muss sich hüten, ihn nachdenklich
auszubrüten und zu pflegen.
GOETHE

Für meine Frau und meine Kinder

Teil 1

1997

Das dumpfe Poltern einer zuschlagenden Autotür, das Scharren unsicherer Schritte auf dem Kies. Ein Mann tritt in den Garten, sein Gesicht ist schmal, es schimmert blass im Mondlicht wie die Zeiger einer Armbanduhr. Benommen schlingert er über den Rasen, ein Stück Treibholz in der Brandung, in der Linken hält er eine Flasche, die er wiederholt zum Mund zu führen versucht. Es will ihm nicht gelingen, und so kniet er sich ins Gras und trinkt mit großen Schlucken, kippt dann still nach hinten, bis er auf dem Rücken liegt, und starrt, die Arme ausgebreitet, in den Sternenhimmel.

Lange liegt er so, man könnte meinen, er sei eingeschlafen. Aber irgendwann stemmt er sich wieder hoch, mit einem leisen Ächzen, stolpert, stürzt, nimmt, auf der Seite liegend, einen weiteren Schluck, kommt endlich auf die Beine und wankt weiter.

Er beginnt zu reden, bald zu brüllen: groteske, unartikulierte Laute, die zugleich nach Jubel und Verzweiflung klingen. Offenbar gibt es hier keine Nachbarn, denn um diese Uhrzeit aus dem Schlaf gerissen, hätten sie wahrscheinlich schon die Polizei gerufen. Er macht einen mächtigen Radau, gespenstisch hallen sein Lachen und sein Schluchzen durch den Garten. Wieder strauchelt er, schlägt auf dem Rasen auf, sitzt dann gebeugt und wiegt die Flasche in den Armen. Seine Stirn ist blutverschmiert, wahrscheinlich ein im Gras verborgener Stein. Das Brüllen ist abgeklungen. Eine Zeitlang murmelt er noch vor sich hin, dann schweigt er. Nur das leise Rauschen aus dem Wald ist noch zu hören, und eine Wolke schiebt sich vor den Mond.

Ruths Brief

Der Weg war ihm vertraut und fremd zugleich: Die Häuser schienen niedriger, die Straße enger. Wo es seinerzeit mit Bäumen und Gebüsch bewachsene Baulücken gegeben hatte, urwaldartiges und offensichtlich kaum zu bändigendes Grün, das regelrecht aufs Trottoir herausgewuchert war, da hatte sich die Phalanx der Gebäude mittlerweile fest geschlossen. Nur die Streckenführung selbst, die Abfolge von Kurven, Steigungen und Senken hatte sich anscheinend nicht verändert, und so stellte sich bei ihm das Bild eines historischen Theaters ein, auf dessen Bühne die Kulissen für ein zeitgenössisches Spektakel stehen.

Obwohl der Himmel klar war und die Luft, die durch das Seitenfenster in den Wagen strömte, kühl und trocken, lag ein Druck auf seinen Schläfen, schwer wie in der Schwüle eines nahenden Gewitters. Als die Häuserzeilen sich lichteten, sodass der Wald die Herrschaft übernahm, verstärkte sich die Unruhe. Zwei Kurven noch, dann musste links die Zufahrt sein. Ein schmaler Schotterweg, von Bäumen überdacht.

Holunderbüsche.

Eine Fliederhecke.

Und das Gartentor.

Er parkte den Mazda auf der kleinen Lichtung gegenüber, stieg dann aus und nestelte den Schlüssel aus der Tasche. Seine Hände waren kalt und taub, die Beine zitterten ein wenig, als er sich dem Eingang näherte. Das Vorgefühl eines Gewitters wuchs mit jedem Schritt, die ersten Blitze zuckten über seinen flimmernden Bewusstseinshorizont.

Seit siebzehn Jahren war er nicht mehr hier gewesen. Nicht mehr hier und auch an keiner anderen Stätte seiner Kindheit. All die Jahre seit dem Schlaganfall der Mutter war er immer nur ins Pflegeheim nach Klosterneuburg und anschließend gleich nach Wien zurückgefahren, er hatte nie den Weg verlassen, war nie abgewichen, so als quere er ein dunkles Moor und fürchte sich vor jedem noch so kleinen Fehltritt.

Nur dass dieses Moor in seinem Herzen lag: ein blinder Fleck in seiner Mitte, der sich – wie ein verlorenes Puzzleteil – durch nichts als durch die Ränder seiner angrenzenden Teile definierte.

Daniel Kowalski hatte sich mit diesem Mangel abgefunden; er betrachtete sich selbst mit jenem stillen Phlegma, das er auch seinem Beruf als Fotograf entgegenbrachte. Den Zweck der Dinge zu ergründen, die er täglich abzulichten hatte, war nicht seine Aufgabe, und so hatte er vor Jahren beschlossen, sich nicht mehr dafür zu interessieren. Es waren Objekte, deren Form, Textur und Farbe er zwar registrierte, deren Seele und Bestimmung aber keinerlei Bedeutung für ihn hatten. Wenn man bei Hydraulikkupplungen, Schlaffseilschaltern oder Achsmanschetten überhaupt von so etwas wie Seele sprechen kann.

Mit klammen Fingern schob er den Schlüssel ins Schloss. Er konnte ihn erst drehen, als er – die Erinnerung an diese kleine Finte hatte sich in seinen Gliedern festgesetzt – den Griff des Gartentors mit einem Ruck zu sich zog. Das Geräusch des aufschnappenden Riegels klang vertraut; es ähnelte dem Klicken eines Super-8-Projektors, der beginnt, den Film zurückzuspulen.

Mit zwölf Jahren hatte Daniel sich der Kunst verschrieben, hatte große, wenn auch vage Träume von sich selbst geträumt, in denen er (viril und selbstvergessen, unbeeindruckt vom eigenen Weltruhm) prächtige Gemälde schuf. Pablo Picasso war ein Jahr vorher in Mougins gestorben, und die Eltern hatten Daniel einen opulenten Bildband über den berühmten Andalusier geschenkt. Nun sah auch er sich in pompösen, von mediterranem Sonnenlicht durchströmten Ateliers zugange sein, inmitten eines Ozeans aus Farben, die sein Geist zu nie gekannter Schönheit ordnete. Empfindsam und entschlossen, energiegeladen, aber voller Zärtlichkeit: ein durch und durch begehrenswerter Mann, das wollte Daniel vor allem werden.

Als er an seinem fünfzehnten Geburtstag eine

Kamera bekam, verblasste seine Schwäche für die Malerei. Man Ray war ein Jahr vorher in Paris gestorben, und die Fotografie rückte stärker denn je in den Fokus der internationalen Kunstszene. In Kassel widmete die *documenta* den Meistern der Fotokunst eine Sonderschau, deren Katalog auf verschlungenen Wegen in Daniels Hände gelangte. Er durchblätterte das Heft, bis dessen Seiten auseinanderfielen. Mit seiner Kamera durchstreifte er die Gegend auf der Suche nach Motiven, variierte und justierte, schoss ein Foto nach dem anderen, Bild um Bild und Film um Film. Nach einer Weile hatte er sich ausreichend in die Materie vertieft, um sich im Keller des Weidlingbacher Hauses eine kleine Dunkelkammer einzurichten.

Der Liebe zur Fotografie blieb Daniel auch nach seinem Schulabschluss treu. Er inskribierte an der Hochschule für Angewandte Kunst und galt bei seinen Studienkollegen bald als Spezialist für Fotomontagen und -installationen. Eine exquisite Hasselblad (die Kosten waren von den Eltern übernommen worden) wurde seine ständige Begleiterin. Daniels Zukunft schien geebnet; seine Regsamkeit, sein schöpferischer Schwung und seine Neugier sicherten ihm einen Startplatz auf der Abschussrampe in die erste Künstlerliga.

Dass er wenig später eine andere Laufbahn eingeschlagen hatte, war auf eine Kette von Ereignissen zurückzuführen, die er, darauf angesprochen, nur sehr knapp zu kommentieren pflegte: Kurz nach seinem zweiundzwanzigsten Geburtstag sei sein Vater gestorben, im folgenden Jahr sei er Marion begegnet, habe sie geschwängert und aus dem daraus erwachsenden Verantwortungsgefühl den ersten kommerziellen Auftrag seines Lebens angenommen: Zwei Tage lang habe er Seifen aus der Kollektion einer Kosmetikfirma abgelichtet, am dritten sei er in das Sekretariat der Hochschule gegangen, um zu exmatrikulieren.

Daniel mehr zu dieser Zeit des Umschwungs zu entlocken, war unmöglich; er hielt das Kapitel verschlossen, auch dann, wenn ein anderer es aufklappen wollte. Ja, es wirkte so, als habe er ein düsteres Geheimnis zu verbergen, eine Leiche im Kellerabteil seiner Jugend. Tatsache war aber, dass er selbst nichts mehr aus dieser Phase seines Lebens wusste. Das Kapitel ließ sich auch von ihm nicht öffnen, die Seiten waren verklebt, und die wenigen Daten, die er noch wiederzugeben vermochte, musste er mühevoll rekonstruieren. Der Duft nach Lavendel und Marions gerundeter Bauch, das blieben seine einzigen unmittelbaren Erinnerungen an die Jahre 1984 und 1985.

Was danach geschehen war, trat wieder deutlicher in sein Bewusstsein. Als die Zwillinge zur Welt gekommen waren – sie wurden nach Marions Großeltern Anna und Michael genannt –, verstärkte er seine beruflichen Aktivitäten. Er fotografierte Pommes frites und Apfelstrudel für die Speisekarten einer Autobahnraststättenkette und nahm für den Hochglanzprospekt einer Zierpflanzengroßgärtnerei Forsythien und Rhododendren auf. In den Bereich der Industrietechnik verschlug ihn schließlich das kulante Angebot eines Bekannten. Seither hatte er die fachgerechte Darstellung von Motor- und Getriebeteilen in Gebrauchsanweisungen und Katalogen zu verantworten, gelegentlich auch die Bebilderung des einen oder anderen Artikels in diversen Fachzeitschriften. Zweimal jährlich, wenn der Prospekt eines Baumarkts auf seiner Agenda stand, war es ihm möglich, die Sujets vor seiner Kamera zu identifizieren, denn Gartenmöbel, Heckenscheren und Vorschlaghämmer kannte selbst der Laie. Daniel irritierte nur, dass ihm dabei vom zuständigen Art-Director ein paar drittklassige Models aufgenötigt wurden, die (überschminkt, mit wasserstoffgebleichten Haaren und winzigen Bikinis) das Sortiment *erfrischend sexy* präsentieren sollten. Während er versuchte, ihre schlaffen Körper so penibel auszuleuchten, dass Orangenhaut und Krähenfüße keine Schatten warfen, überkam ihn manchmal der Gedanke, dass sich diese Frauen von den Gartenmöbeln überhaupt nicht unterschieden: Sie waren nicht mehr als Materie, tote Objekte, sie waren das traurige Treibgut einer abgestumpften Zivilisation.

Er selbst war mittlerweile fünfunddreißig, gut in Form und gut verheiratet; er hatte gute Kinder, die er – wie auch seine Frau – von Herzen liebte. Abends trank er guten Wein und rauchte gute Zigaretten. Selbst sein Job war halbwegs gut: Er deckte die laufenden Kosten und entsprach, wenn auch nur sehr am Rande, seinen alten, längst erloschenen Ambitionen.

«Das ist es doch, was du schon immer machen wolltest», hatte ihm sein Bruder Georg bei einem ihrer sporadischen Telefonate gesagt. Und Daniel hatte sanft in den Hörer genickt: «Wir haben beide, was uns zusteht: ich meine Linsen und du deinen Kautschuk.»

Georg lebte schon seit gut zehn Jahren in Amerika; im Zuge seines Studiums hatte er in Kalifornien ein Auslandssemester absolviert und war nach seiner Diplomierung in die Vereinigten Staaten zurückgekehrt. In Los Angeles hatte er Arbeit gefunden – einen Job als Chemiker in einem Autozulieferbetrieb –, hatte ein Häuschen gemietet, eine unscheinbare Frau geheiratet und schien inzwischen (trotz des Umstands, dass die beiden kinderlos geblieben waren) das typische Leben des amerikanischen Mittelstandsbürgers zu führen, so wie man es auch in Europa aus Hollywoodfilmen kannte: ein Leben in der Linearität adretter, bis zum Horizont von gleichförmigen Bungalows gesäumter Vorstadtstraßen, ein schablonenhaftes Dasein mit gepflegtem kleinem Vorgarten, Garagenauffahrt und den beiden obligaten Pkw. Wahrscheinlich ein Geländewagen und ein Kombi; Daniel hatte seinen Bruder nie danach gefragt.

Seit seinem Exodus war Georg zweimal zu Besuch in Wien gewesen, das Gepäck zum Bersten voll mit Dingen, die man auch in Österreich in jedem Supermarkt bekommen konnte, und den Mund zum Bersten voll mit Lobliedern auf den *American Way of Life*. Gerade er, der einstige Rebell und passionierte Konsument hypnotischer und psychedelischer Substanzen (tausend bunte Gründe für ein Studium der Organischen Chemie), verherrlichte nun einen Lebensstil, der in den Augen Daniels auf kollektiver Oberflächlichkeit, Gewinnsucht und Gesundheitsfanatismus, einem unerbittlichen gesellschaftlichen Zwang zur Uniformität und einem Höchstmaß an Verschleiß von stofflichen und menschlichen Ressourcen gründete. Die Arbeit Georgs sprach für sich: Als Werkstoffchemiker entwickelte er neue Gummimischungen im Dienst der Reifenindustrie, was aber keineswegs bedeutete, dass er um die Verbesserung der Qualität, der Sicherheit beziehungsweise Haltbarkeit der Pneus bemüht war. Nein, der Auftrag seiner Firma lautete, den Gummiabrieb so zu steigern, dass sich jeder Autofahrer in bestimmten, von den Ökonomen in der Chefetage kalkulierten Intervallen neue Reifen kaufen musste.

Was auch immer seinem Bruder anzukreiden war, im Stillen musste Daniel sich eingestehen, dass ihr Verhältnis sich durch Georgs Abschied nach Amerika gebessert hatte – trotz der Differenz, die diesem Abschied seinerzeit vorausgegangen war. Im Verlassen von sinkenden Schiffen war der um zwei Jahre ältere Georg schon immer der Flinkere gewesen, aber damals hatte er ein wahres Meisterstück an Rücksichtslosigkeit geliefert. Vierzehn Tage nach dem Hirnschlag ihrer Mutter war er mit Sack und Pack in den

Flieger gestiegen, hatte Europa den Rücken gekehrt und Daniel mit einem Pflegefall der Stufe drei in Wien zurückgelassen: Das motorische und sprachliche Niveau der Mutter war – mit einem sprichwörtlichen Schlag – auf den Stand eines Säuglings zurückgesackt, sodass sich Daniel unverhofft als dreifacher Vater wiederfand: als Vormund zweier Neugeborener und einer achtundvierzigjährigen Frau. Dass ihn die letzten zwei Trabanten seiner Jugendzeit verlassen hatten – seine Mutter geistig und sein Bruder körperlich –, bedeutete ein weiteres Verlöschen der Vergangenheit. Daniel hatte seine Chronisten verloren, er war nun endgültig Vollwaise.

Hätte Marion ihn bei diesen Siebenmeilenschritten ins Erwachsensein nicht so beherzt begleitet, Daniel würde sich wohl endgültig von Georg abgewendet haben. Aber durch ihr wohldosiertes Mitgefühl und ihre Unermüdlichkeit bei der Bewältigung des anfänglichen Chaos (endlose Telefonate mit Ärzten und Versicherungen, ständiges Wechseln von Baby- und Inkontinenzwindeln, sogar die Organisation der notwendigen Renovierungsarbeiten in seiner elterlichen Wohnung in der Josefstadt) ermöglichte sie ihm, die räumliche Distanz zu seinem Bruder nicht nur zu verkraften, sondern zunehmend als Chance zu betrachten. Eine Chance darauf, sich nun auch innerlich von seinen einstigen Bezugspersonen zu befreien, die alten Muster abzuschütteln, sich gewissermaßen selbst neu zu erschaffen. Und so hatte er im Lauf der Jahre wieder mit Georg zu reden begonnen, selten zwar, doch – und das war bemerkenswert – mit einem Anflug von ehrlich empfundenem Wohlwollen.

Einmal war er sogar kurz davor gestanden, mit Marion und den Kindern nach Los Angeles zu fliegen: Zur Feier von Annas und Michaels achtem Geburtstag hatte er Tickets besorgt. Doch am Tag vor der Abreise hatten die Kinder zu fiebern und über heftige Schmerzen zu klagen begonnen: Sie waren an Mumps erkrankt, natürlich zeitgleich, wie es sich für Zwillinge gehört. Am Abend hatte Daniel bei seinem Bruder angerufen, um ihn von dem Missgeschick zu informieren.

«Die armen Kleinen», hatte Georg angemerkt. «Sie haben sich doch sicher schon auf Disneyland gefreut.»

«Wir werden es beizeiten nachholen», hatte Daniel erwidert, und er hatte es sich nicht verkneifen können, einen kleinen Seitenhieb hinzuzufügen: «Abgesehen davon weiß man nie, wofür es gut ist; mir war sowieso nicht wohl bei dem Gedanken, unsere Mutter hier so lang allein zu lassen, ohne Unterhaltung und Gesellschaft.»

In der Tat kam Daniel die Absage der Reise nicht ganz ungelegen, aber weniger aus Sorge um die Mutter als aus einem grundsätzlichen Hang zur Immobilität. Er konnte Menschen, die, danach gefragt, was sie mit einem Lottosechser machen würden, ansatzlos und mit verklärtem Blick verkündeten, sie würden *reisen*, einfach nicht verstehen. Denn *Reisen* hieß für ihn, mit sperrigem (und dennoch immer unvollständigem)

Gepäck beladen, mittels einer teuren und mühevollen Prozedur von A nach B zu wechseln, nur um dann in B die gleichen Autos auf den gleich geteerten Straßen und die gleichen Waren in den gleich möblierten Filialen großer Handelsketten zu bestaunen. Oder sich in einer Sprache einwickeln und ausnehmen zu lassen, die man allenfalls mangelhaft beherrschte.

Ohne seine Muttersprache fühlte Daniel sich schutzlos; pure Mimik oder Gestik waren für ihn ein steter Quell von Missverständnissen, sie konnten klare Worte nicht ersetzen. Insofern war sein versteckter Vorwurf gegenüber Georg doppelt unfair: Von Verständlichkeit war bei der Mutter nämlich keine Rede mehr. Geschweige denn von Unterhaltung.

Marions Bemühungen war es zu danken, dass man sie nach ihrem Schlaganfall in einem Pflegeheim in Klosterneuburg aufgenommen hatte, wo sie nun das Leben einer leidlich konservierten Zimmerpflanze führte. Daniel besuchte sie zwar regelmäßig, aber ohne jeden inneren Ansporn; alle vierzehn Tage stieg er in den Zug, um, wie er sagte, seine Pflicht als Sprössling zu erfüllen. Im Sommer spürte er die Mutter meist im Park auf, grau und welk und mit gesenktem Kopf in ihrem Rollstuhl kauernd, aber mit weit aufgerissenen und unnatürlich starren Augen. Wenn die Tage kühler wurden, fand er sie im Inneren des Sanatoriums, in irgendeiner Ecke des Gesellschaftsraums von irgendeinem Pfleger abgestellt, wo sie genauso dumpf und sprachlos auf den Boden stierte.

Ihre Pose blieb die Jahre über unverändert, einzig die Kulisse wechselte von Zeit zu Zeit.

Der Garten breitete sich nun vor Daniel aus, er hob und senkte sich in sanft geschwungenen Terrassen völlig unterschiedlichen Charakters. Linker Hand, im Schatten kaum zu sehen, die dunkle und erdige Ecke, ein indischer Dschungel, von wuchernden Büschen gesäumt, rechts oben das schottische Hochplateau, dessen nördlicher Ausläufer von einem mächtigen Nussbaum markiert wurde. Schräg gegenüber ein mit Wildkräutern bewachsenes Alpinum, wie es in den Siebzigern bei Hobbygärtnern so beliebt gewesen war. Es gab die geheimen, vergessenen Landschaften und die von Hand kultivierten Regionen, kurz: Der Garten war eine ganze, vollkommene Welt.

Im Himmel über dieser Welt aber hing jetzt ein großes Fragezeichen: Was hatte Daniel nach seinem heutigen Besuch im Pflegeheim hierhergetrieben? Lag es wirklich nur an diesem Stück Papier von gestern Abend?

Auf der alten Truhe in der Josefstädter Wohnung hatte es auf ihn gewartet, das Kuvert. Es hatte sich in einem Berg aus anderen Schriftstücken versteckt gehalten, die sich Tag für Tag im Briefkasten ablagerten wie Schlacke auf einer Abraumhalde: Flugblätter von Umzugsfirmen, Teppichhändlern und Installateuren, Bittschreiben von Menschenrechts- und Kinderhilfs-

und Tierschutzorganisationen, Postwurfsendungen verschiedener Versandhäuser und Restaurants. Der Umschlag wäre wohl zusammen mit dem anderen Müll im Altpapier gelandet, hätte Anna auf der Suche nach einer verloren geglaubten Haarspange nicht zufällig den Absender gelesen.

«Schau doch, Papa: *Sander*, war das nicht der Mädchenname von der Omama?» Auf Zehenspitzen (ihrer kürzlich erst erwachten Liebe zum Ballett geschuldet) brachte Anna Daniel das Kuvert.

Die zittrige und schräggestellte Handschrift ließ den Schluss zu, dass der Brief von einem relativ betagten Menschen stammte, und der Name auf der Rückseite des Umschlags bestätigte den Eindruck. Er lautete *Ruth Sander*.

«Und? Wer ist das?», fragte Anna.

«Deine Groß-, nein ... deine Urgroßtante», antwortete Daniel.

In der breitgefächerten Familiengenealogie der Sanders und Kowalskis hatte er sich nie sehr firm gefühlt, der Clan der mütterlichen Seite aber hatte in der Zeit des Dritten Reichs so sehr an Umfang eingebüßt, dass wenigstens die kargen Reste leicht zu überschauen waren: Wie eine Handvoll vertrockneter Blätter hingen sie an ihrem toten Stammbaum. Ruth und Jakob Sander waren Daniel also – wenn auch nur vom Hörensagen – ein Begriff: Bis zum Ende der siebziger Jahre hatte ihre Geschichte zum oft strapazierten Erzählinventar seiner Eltern gehört; sie hatten als

Verkörperung der jüdischen Diaspora gegolten, als ewige Opfer des großen Martyriums, deren Leid mit jeder Katastrophe, die sie überlebten, nur noch weiterwuchs. Dann aber hatten sie etwas getan, das ihren Namen den Geschmack einer neuen, andersgearteten Bitterkeit verlieh, sodass sie fortan nicht mehr in den Mund genommen wurden – von der Mutter aus persönlicher Gekränktheit und gerechtem Zorn, vom Vater, um Konflikte mit der Mutter zu vermeiden.

Vor dem Krieg war Jakob Sander so wie auch sein Bruder Leon, Daniels Großvater, bei einer Hamburger Handelsagentur beschäftigt gewesen. Als stolzer Prokurist der Wiener Niederlassung und nicht minder stolzer junger Vater eines Sohns und einer Tochter hatte er die düsteren, aus dem Norden aufziehenden Wolken ignoriert – zum Teil aus einem angeborenen Mangel an Vorstellungskraft, zum Teil wohl auch, um seine Frau Ruth nicht zu verängstigen. Er war, salopp gesagt, so lange ohne Schirm und Regenhaut durch Wien spaziert, bis das Gewitter losbrach.

Im März des Jahres 1938 büßten die zwei Brüder mehr als nur die Arbeit ein.

Sobald die erste Welle der Pogrome in der nunmehrigen Ostmark abgeebbt war, schickte Jakob Ruth und die Kinder mit dem Zug nach Innsbruck, in der Hoffnung, sie würden dort bei Freunden unterkommen. Dann fuhr er mit Leon an den Weidlingbach im Westen Wiens, an dem das Elternhaus der Brüder stand.

Die Mutter und der Vater lagen hinter einem Holzstoß, von marodierenden Nazis ermordet und mit einer Handvoll Laub bedeckt. Dass Leon weitsichtiger gewesen war als Jakob, hatte ihnen nicht das Leben retten können: Noch im Februar hatte Leon versucht, für sich und seine schwangere Frau und eben auch die Eltern Dauervisa nach Australien zu bekommen, die ihm aber unter Hinweis auf das fortgeschrittene Alter seines Vaters schlicht verweigert worden waren.

Die schockierten Brüder trennten sich, um noch zu retten, was vielleicht zu retten war. Sie sollten einander nicht wiedersehen. In der Nacht auf den 10. November, also in der von den Nazis so genannten *Reichskristallnacht*, kam nach stundenlangen Wehen Leons Tochter Miriam – Daniels Mutter – auf die Welt, und tags darauf entschlossen sich die jungen Eltern, mit dem Baby Richtung Ungarn aufzubrechen: von der Traufe in den Regen, wie sie damals dachten. Im zu dieser Zeit bereits als *judenrein* gerühmten Burgenland gelang es ihnen, bei zwei alten Bauern Aufnahme zu finden, die sich scheinbar nicht für ihre Herkunft interessierten.

Als Leon am nächsten Morgen zur Erkundung des Geländes aus dem Haus ging, griff ihn die Gestapo auf – und schob ihn prompt nach Ungarn ab. Von Frau und Kind getrennt, begab er sich auf eine jahrelange Irrfahrt, deren Einzelheiten später nur sehr fragmentarisch nachvollzogen werden sollten. Tatsache war aber, dass die Odyssee von Daniels Großvater kurz vor dem Kriegsende an ihren Ausgangspunkt zurückführte: Im März 1945 wurde Leon gemeinsam mit zweihundert weiteren jüdischen Zwangsarbeitern ins burgenländische Rechnitz transportiert, von einer fröhlichen Horde betrunkener Nazis erschossen und auf einem Feld verscharrt.

Keine zwei Kilometer entfernt erwarteten in diesen Tagen Leons Frau und die inzwischen sechsjährige Miriam den Einmarsch der Russen: Sie waren über all die Jahre von dem alten Bauernpaar versteckt worden, das sich als tapfer, gütig, subversiv und stur erwiesen hatte.

Daniel war mitten auf dem Rasen stehen geblieben. Er zog das Kuvert hervor, das er am Morgen aus der Josefstädter Wohnung mitgenommen hatte, und betrachtete die Briefmarken. Unter der Flagge Israels mit dem zentralen blauen Davidstern zwei Schriftzüge, der eine auf Hebräisch (und daher für Daniel unlesbar), der andere auf Englisch: *100 years since the 1st Zionist Congress 1897.*

Großonkel Jakob hatte sein Heil in der anderen Richtung gesucht. Gleich nach der Trennung von Leon war er nach Tirol gefahren, zu seinen Innsbrucker Freunden, bei denen er seine Frau Ruth und die Kinder wähnte. Seine Freunde aber waren keine mehr: Statt ihn auch nur in ihre Wohnung einzulassen, raunten sie ihm durch den Türspalt zu, dass Ruth zwar hier gewesen sei, dass sie ihr aber nachdrücklich geraten hätten, sich – schon um der Kleinen willen! – von Innsbruck fernzuhalten. Jakobs Frau sei also wieder aufgebrochen, weiter nach Vorarlberg, von wo aus sie versuchen wolle, mit den Kindern in die Schweiz zu kommen. Für den Fall, dass ihr die Flucht gelingen sollte, würde sie nach Zürich weiterreisen.

Anfang Mai 1938 überquerte Ruth Sander die Alpen. An den Füßen trug sie sommerliche Leinenschuhe, auf den Armen ihren zweijährigen Sohn und ihre dreijährige Tochter. Ihre Kräfte waren aufgezehrt, als sie an einem kühlen Morgen einem Schweizer Grenzwachtkommandanten in die Arme lief. Statt sie befehlsgemäß nach Österreich zurückzuschicken, erbarmte sich der Polizist und brachte sie zu seinem Hauptmann nach St. Gallen, einem Mann namens Paul Grüninger, der dafür bekannt war, Flüchtlingen entgegen den Bestimmungen die Einreiseerlaubnis zu erteilen (aufgrund dieser Praxis sollte Grüninger ein Jahr darauf fristlos entlassen, vor Gericht gestellt und wegen Pflichtverletzung und Urkundenfälschung verurteilt werden). Ruth und die zwei Kleinen durften bleiben; sie begaben sich nach Zürich, wo sie – voller Sorge, voller Zuversicht – auf Jakob warteten.

Und dieser traf drei Wochen später wirklich ein. Sein Retter war Ernest Prodolliet gewesen, ein Beamter der Schweizer Gesandtschaft in Bregenz, der, mit Diplomatenpass und einem Auto ausgestattet, höchstpersönlich Fluchthilfe zu leisten pflegte.

Durch den Beistand eines Schweizer Hilfswerks waren Ruth und Jakob bald wieder vereint; sie fanden in der Nähe Zürichs eine Unterkunft und schworen sich, nie wieder österreichischen Boden zu betreten.

Nach zehn Jahren hatten sich die Sanders halbwegs eingelebt. Sie wohnten nun in Rapperswil am östlichen Ufer des Zürichsees, wo Jakob eine Anstellung als Buchhalter gefunden hatte. Sie erfreuten sich an ihren Kindern – Hans und Hedda – und standen unterdessen auch im brieflichen Kontakt mit Leons Witwe, deren Wiener Wohnadresse sie ermitteln hatten können. Alles andere als privat war aber eine Mitteilung, die sie im Frühjahr 1949 zugestellt bekamen. Das Schreiben stammte von der kantonalen Fremdenpolizei und lautete:

> Die neuliche Anerkennung des Staates Israel hat für die Ausreise nach Palästina wesentliche Erleichterung geschaffen. Wir weisen speziell Sie darauf hin, jede sich bietende Gelegenheit zur Auswanderung zu benützen. Sie stehen in einem Alter, in welchem Ihnen die Ausreise nach Israel zugemutet werden darf. Ferner dürfen Sie aus der Tatsache, derzeit noch erwerbstätig sein zu dürfen, nicht den Schluss ziehen, dass es so bleiben wird. Sie müssen vielmehr damit rechnen, dass die seinerzeit erteilte Arbeitsbewilligung bei der gegenwärtig rückläufigen Bewegung des Arbeitsmarktes widerrufen wird.

Im Herbst desselben Jahres liefen die Sanders mit dem Dampfschiff *Galiläa* im Hafen von Haifa ein. Die laute, fremde Welt, die sie empfing, versetzte Ruth und Jakob einen weiteren Schock, und trotzdem schien ihnen der Preis, in Chaos, Staub und Hitze alt werden zu müssen, für die Sicherheit von Hans und Hedda nicht zu hoch. Die Kinder selbst waren von der neuen Heimat wie verzaubert. Sie bejubelten die kollektive – und seit kurzer Zeit auch nationale – Aufbruchsstimmung mit einer Begeisterung, die Ruth und Jakob schon alleine deshalb nicht zu teilen vermochten, weil sie der Aufbruchsstimmungen müde waren.

Jakob widmete sich in der Folge der Vergangenheit: Von Tel Aviv aus strengte er mit Hilfe eines Wiener Anwalts ein Verfahren zur Rückgabe des Weidlingbacher Hauses an, das nach dem Mord an seinen Eltern von einem reichstreuen Fleischermeister in Besitz genommen worden war. Drei Jahre später wurde das Haus restituiert; es fiel zur Hälfte an Jakob, zur Hälfte an Daniels Großmutter zurück.

Am 16. März 1954 stieg die neunzehnjährige Hedda Sander in den Bus vom Roten Meer nach Tel Aviv. Es war schon Nacht, als auf den steilen Serpentinen des *Machtesch Ramon*, eines mächtigen Kraters in der Wüste Negev, das Feuer auf den Bus eröffnet wurde. Hedda starb zusammen mit zehn anderen der vierzehn Passagiere; die Spuren der Mörder verloren sich im Sand der nahen jordanischen Grenze.

Heddas Bruder Hans war einunddreißig, als er

während des Sechstagekriegs im Juni 1967 bei einem Einsatz über den Golanhöhen abgeschossen wurde. Er hatte nach der Ausbildung zum Kampfpiloten eine junge, russischstämmige Israelin aus Safed geheiratet und einen Sohn mit ihr bekommen, der am Tag des Kriegsbeginns sieben Jahre alt geworden war.

Die mageren Reste, die sie noch an Menschenliebe in sich finden konnten, konzentrierten Ruth und Jakob nun auf diesen ihren Enkelsohn Daniil (der Zufall wollte es, dass Daniels israelischer Cousin zugleich sein Namensvetter war). Aus Sorge um den Kleinen dachten sie sogar an einen weiteren Exodus: Sie schlugen ihrer Schwiegertochter vor, mit ihnen und dem Buben nach Amerika zu gehen. Doch Daniils Mutter lehnte ab, weil sie der Ansicht war, dass Hans umsonst für Israel gestorben wäre, wenn sein Sohn es nun verließe.

Auf dem Rücken liegen, weich im frisch geschnittenen Gras, und in den Himmel staunen. Leises Blätterrauschen, ab und zu das Brummen einer Hummel. Die langgezogenen Pfiffe der Mauersegler, zart wie Glasfäden über das Firmament gespannt. Man sollte diese Hymne eines frühen Sommers malen können …

Aus der offenen Haustür dringt das Schrillen des Telefons, und Daniel hält unbewusst den Atem an. Es läutet nicht so oft, das Telefon; der sanft geschwungene, aus schwarzem Bakelit geformte Zauberapparat mit seiner abgenutzten Wählscheibe wird eigentlich nur dann genutzt, wenn im Familien- oder Bekanntenkreis etwas geschehen ist, das der umgehenden Mitteilung bedarf. Er ist den Weichen vorbehalten, die den Schienenstrang des Alltags unterbrechen, und sein durchdringendes Klingeln schlägt für einen Augenblick die Brücke zwischen Hoffnung und Angst: Es unterscheidet nicht zwischen Tragödien und Glücksfällen.

An diesem Vormittag ist es eine Tragödie. Daniel erkennt es an den bebenden, gesenkten Stimmen, an den Tränen seiner Mutter, am fahlen Gesicht seines Vaters.

«Daniil», hört Daniel immer wieder.

Im Frühjahr 1974 unternahm Daniil mit seiner Schule eine Wanderung durch die Berglandschaft Westgaliläas. Über hundert Jugendliche trafen am Abend des 14. Mai im Städtchen Ma'alot ein, um dort in der Volksschule zu übernachten und am nächsten Tag nach Safed heimzukehren. In den frühen Morgenstunden wurden sie von einem PLO-Kommando überfallen und in Geiselhaft genommen. Ein missglückter Sturmangriff der israelischen Armee um sechs Uhr abends führte dann zum letzten Akt der Sander'schen Familientragödie: Der Anführer der Attentäter schoss in die Menge der Geiseln, zündete zwei Handgranaten und riss einundzwanzig Schüler mit sich in den Tod. Daniil starb erst nach Stunden im Spital, das vierzehnjährige Gesicht bis zur Unkenntlichkeit zerfetzt. Sein Begräbnis in Safed fand ohne die Großeltern statt. Sie saßen stumm in Tel Aviv und sehnten das eigene herbei.

So weit die Chronik von Großonkel Jakob und Großtante Ruth, wie Daniel sie oft erzählt bekommen und zum Teil auch noch im fernen, sicheren Hafen seiner Kindheit als Zeitzeuge miterlebt hatte. Wenn ihn diese Chronik auch berührte, las sie sich doch wie das Logbuch eines Schiffs, mit dem er niemals mitfahren würde. Anfang 1980 aber traf auch ihn zum ersten Mal der Wellenschlag der Geschichte.

Dass die Brücken zwischen den Kowalskis und den Sanders 1979 abgebrochen wurden, lag an jenem Haus am Weidlingbach, das Jakob seinerzeit zurückerobert hatte. Nach dem Auszug des arischen Fleischers (er war rasch und ohne Widerspruch gegangen) hatte Jakob Leons Witwe, also Daniels Großmutter, angeboten, seinen Hausanteil für einen lächerlichen, rein symbolischen Betrag zu übernehmen. Eine Rückkehr nach Österreich, so schrieb er, komme für Ruth und ihn ja ohnehin nicht mehr in Frage, und die Vorstellung, im Brutgebiet von Blut und Boden Grund und Boden zu besitzen, reize ihn nur noch in einer Hinsicht, nämlich zum Erbrechen.

Für Daniels Großmutter aber war es eine Ehrensache, Jakobs Vorschlag abzulehnen. Weder wollte sie sich etwas schenken lassen noch von der Vertreibung ihres Schwagers profitieren: Das hätten andere, wie sie sagte, schon genug getan. Am Ende einigte man sich darauf, dass sie den Sanders eine kleine monatliche Miete zahlen und mit ihrer Tochter Miriam in das Haus ziehen werde. Was (nach wochenlangem, intensivem Putzen, so als könne man Gespenster mit Wasser und Seife vertreiben) Mitte der Fünfziger auch geschah.

Die Großmutter war eine durchaus willensstarke, aber welke und fragile Frau; sie litt an Diabetes, Knochenschwund, Arthrose, Gicht und Asthma – jedenfalls behauptete sie das mit Nachdruck. Als die Ärzte einen fortgeschrittenen Darmkrebs bei ihr diagnostizierten, wirkte sie beinah erleichtert: Endlich hatte sie es schwarz auf weiß, dass sie genauso sterblich war wie Leon, Hedda oder all die anderen, die in Auschwitz oder Majdanek vernichtet worden waren. Außerdem besaß sie nun ein Druckmittel, um Miriams Pläne zu vereiteln, die doch eigentlich mit neunzehn ausziehen und sich eine eigene Wohnung suchen wollte.

Daniels Mutter fügte sich; sie blieb auch weiterhin am Weidlingbach. Dem Urteilsspruch der Ärzte und dem fordernd larmoyanten, unterschwellig vorwurfsvollen Ton der Großmutter waren ihre zarten Mädchenträume nicht gewachsen. Jeden Morgen fuhr sie mit dem Zug nach Wien, wo sie im kürzlich errichteten Großkaufhaus *Steffl* auf der Kärntner Straße als Dekorateurin arbeitete. Es war kein leichter Job, flankiert von Küchenmixern, Etageren und Schaufensterpuppen auf den Knien herumzurutschen, aber er verschaffte ihr ein wenig Geld und Freiheit. Gleichzeitig bot er die besten Chancen, diese Freiheit wieder zu verlieren – an einen Mann, der kommen, sehen, siegen, kurz: der ihre Weidlingbacher Ketten sprengen würde. In gewisser Weise dienten ihr die Auslagen des *Steffl* also auch dazu, sich selbst zu präsentieren.

An einem regnerischen Frühlingstag des Jahres 1959 wurde sie von Daniels Vater aus dem Schaufenster geholt.

Es dürfte Liebe auf den ersten Blick gewesen sein. Zumindest opferten die beiden eine ganze Menge, um ihr knospendes Verhältnis gegen die teils wütenden Proteste ihrer Anverwandten durchzusetzen: Während sich Daniels Vater kurzerhand enterben ließ, verzichtete seine Mutter einmal mehr darauf, die alten Fesseln abzuschütteln. Denn der Preis für die Bereitschaft der Großmutter, den jungen Mann samt seiner Abstammung als Schwiegersohn zu tolerieren, war nicht verhandelbar; ihre Tochter hatte ihn nur noch zu zahlen: nicht weggehen, am Weidlingbach bleiben, den Mann dazu bringen, zu ihnen zu ziehen.

Daniels Vater ließ sich ohne Widerrede auf den Handel ein, nicht nur, weil er gerade erst aus seinem eigenen Elternhaus verstoßen worden war. Er sah es auch als eine Art von Buße an, sich um die kranke alte Frau zu kümmern. Buße für ein Unrecht, das er nicht begangen hatte, das aber dem gleichen Nest entstammte wie er selbst.

Da sich die Dinge nun so ganz in ihrem Sinne ordneten, begann die Großmutter regelrecht aufzublühen. Sie stand im Mittelpunkt des jungen Glücks, im Mittelpunkt der Hochzeit, die ein knappes Jahr darauf gefeiert wurde, und im Mittelpunkt von Georgs Geburt, die – delikaterweise – nur sechs Monate nach der Vermählung stattfand. Dem Wunsch des Vaters, Georg beschneiden zu lassen, widersetzte sie sich nachdrücklich: Nur über ihre Leiche dürfe man ihr Enkelkind auf diese Art zum Juden stempeln, denn sobald die Nazis wiederkämen, wäre eine unberührte Vorhaut seine letzte Überlebenschance.

Als 1962 Daniel geboren wurde, kam die Frage der Beschneidung nicht mehr aufs Tapet, was aber keineswegs bedeutete, dass alles reibungslos verlief. In diesem Fall war es der jüdische Name, gegen den die Großmutter so lange opponierte, bis der Vater ihr versicherte, dass nicht wenige amtlich beglaubigte Arier Daniel geheißen hätten, ja dass es in Buchenwald sogar einen SS-Standartenführer namens Daniel Hess gegeben habe. So absurd sein Argument auch war (absurd und noch dazu erfunden, denn der Vater hatte nie von einem Nazi namens Daniel Hess gehört), erfüllte es am Ende doch den Zweck, die Großmutter zu überzeugen.

Und so wurde Daniel Daniel genannt.

Am 22. November 1963, dem Tag von John F. Kennedys Ermordung, nahm auch die Großmutter Abschied von der Welt. Sie hatte die Familie um ihr

Bett geschart und dämmerte dank einer respektablen Dosis Morphium so friedlich in den Tod, wie das seit fünfundzwanzig Jahren keinem Mitglied der Familie Sander mehr vergönnt gewesen war.

Das halbe Haus am Weidlingbach fiel nun Daniels Mutter zu, und angesichts der Tatsache, dass die Kowalskis sich zu diesem Zeitpunkt ohnehin kein anderes hätten leisten können, blieben sie dort wohnen. Eine Stadtwohnung kam vorerst nicht in Frage, hatte die Mutter doch im Radio gehört, dass ein gesundes, natürliches Umfeld gut für die Entwicklung kleiner Kinder sei. Sie schickte also einen Brief an Ruth und Jakob, informierte sie vom Ableben der Großmutter und bat darum, das bisherige Mietverhältnis fortzuführen. Die Sanders reagierten wie erwartet, sie bestätigten das Arrangement. Zugleich beklagten sie den Tod der Großmutter und gratulierten nachträglich zu Daniels Geburt (*wir haben ja auch einen kleinen Daniil!*), nicht ohne höflicherweise hinzuzufügen, dass sie sich darüber freuen würden, die Mutter und ihre Familie bei Gelegenheit kennenzulernen. Die Kowalskis seien jederzeit in Israel willkommen; man könne vielleicht nach Eilat fahren und die Kinder gemeinsam im Sand spielen lassen.

Die Jahre vergingen, Daniel und Georg wuchsen ebenso heran wie die österreichische Wirtschaft und der allgemeine Wohlstand, aber nach Israel kamen die Kowalskis nicht (nach Daniils Tod im Frühling 1974 war das Thema einer solchen Reise endgültig vom Tisch). Dafür erhielt das Haus am Weidlingbach ein neues Dach und einen Anschluss an die öffentliche Kanalisation, der Garten eine Pergola, ein Saunahäuschen und ein kleines Schwimmbecken. Was den Kontakt mit Ruth und Jakob anbelangte, so beschränkte er sich auf ein alle Jahre wieder zu Rosch ha-Schana geführtes Telefongespräch der Mutter. 1979 aber nutzten die Eltern das Pessach-Fest, um eine Ausnahme zu machen: Statt im September griff die Mutter bereits im April zum Hörer, rief die Sanders an und fragte, natürlich nicht ohne vorherigen Austausch blumiger Höflichkeitsfloskeln, ob Jakobs einstige Verkaufsofferte an die Großmutter noch aktuell sei. Ihr Mann und sie hätten einiges ansparen können; deshalb sei es ihnen schon seit Jahren ein Bedürfnis, dem formlosen Mietverhältnis mit seinem viel zu niedrigen Zins ein Ende zu setzen und den Sanders ihren Hausanteil um eine angemessene Summe abzukaufen.

Hätten Daniels Eltern damals Pessach Pessach und Miete Miete sein lassen, sie wären wohl nie in eine Wiener Wohnung übersiedelt. So aber sollte das Fest zum Auszug der Israeliten aus Ägypten den Auszug der Kowalskis aus dem Haus am Weidlingbach einläuten.

Die Sanders hatten sich zunächst erfreut gezeigt, und Jakob hatte angekündigt, seinen Anwalt einen Kaufvertrag ausfertigen zu lassen. Grundbuchauszüge und Lagepläne, Meldescheine und Kopien der Geburtsurkunden waren bald nach Tel Aviv geschickt; dann aber herrschte Stille. Eine Stille, die, je länger sie sich hinzog, den Charakter eines drückenden Schweigens annahm. Die Eltern begannen, sich Sorgen zu machen; schließlich waren Ruth und Jakob mittlerweile über siebzig Jahre alt. Doch dann, im Frühherbst, folgte dieser wochenlangen Ruhe ein zerstörerischer Sturm. Er wehte den Kowalskis in Form eines Umschlags ins Haus, der zwar von Jakobs Anwalt stammte, der aber anstelle des erwarteten Vertragsentwurfs nur einen Brief enthielt. Der Anwalt ließ die Eltern wissen, dass nun nicht nur der Verkauf der Liegenschaft am Weidlingbach storniert sei, sondern auch das ohnehin nur mündlich getroffene Mietübereinkommen. Im Auftrag seines Mandanten Jakob Sander fordere er die Kowalskis dazu auf, umgehend die Hälfte des Hauses zu räumen und das Grundstück in zwei mittels eines Zauns zu trennende Parzellen aufzuteilen oder auf ein Gegenangebot Herrn Sanders einzugehen, der sich nun seinerseits bereiterkläre, ihnen ihren Anteil abzukaufen.

Nach dem ersten Schock versuchte die Mutter vergeblich, Ruth und Jakob telefonisch zu erreichen. Aber kaum dass sie sich zu erkennen gab, wurde am anderen Ende der Leitung der Hörer aufgelegt. Erst ein Gespräch mit Jakobs Anwalt erhellte das Dunkel: Die Beweggründe seines Mandanten, erklärte der Jurist, seien eher menschlicher als rechtlicher Natur; er wolle sie daher nicht kommentieren. Es sei lediglich anzumerken, dass Herr Sander die Geburtsurkunde Herrn Kowalskis eingehend studiert und anschließend im Herd verbrannt habe, wobei Herr Sander sehr bedauere, nur im Besitz einer Kopie und nicht des Originals gewesen zu sein.

Bleischwer die Wolkendecke, still der Wald an diesem Nachmittag. Die Schritte knirschen, seit zwei Tagen schneit es schon. Mit offener Heckklappe steht der Laster vor dem Gartentor, der Vater wuchtet schweigend einen Lehnstuhl auf die Ladefläche. Die Mutter stampft mit langen Schritten aus der Haustür, eine schmalschulterige Amazone auf dem Kriegspfad. Doch der Feind lässt sich nicht blicken, er bleibt fern und ungreifbar. Und so bückt sich die Mutter, gräbt im Schnee, mit kalten, blauen Fingern, und als sie sich wieder aufrichtet, da liegt ein Stein in ihrer Hand. Sie schleudert ihn gegen das Küchenfenster, trifft den Fensterrahmen, und der Stein prallt ab, er kullert lautlos in den Schnee zurück.

Im Februar des Jahres 1980 sagten die Kowalskis ihrem Haus am Weidlingbach für immer Lebewohl. Die Mutter hatte ihre Hälfte Jakob überlassen, ohne ihn noch einmal kontaktiert zu haben – der Verkauf war über den Familienanwalt abgewickelt worden. Wagenladungen von Möbeln, Teppichen und Kisten wurden in die hastig angemietete Wohnung in der Josefstadt gebracht, und Daniel nahm von seiner Dunkelkammer Abschied – einer Dunkelkammer, die inzwischen eher einer Rumpelkammer glich: Statt all die Dinge, die sie nicht mehr brauchen oder in der neuen Wohnung unterbringen konnten, auf dem Sperrmüll zu entsorgen, hatten die Kowalskis sie auf das entschiedene Geheiß der Mutter hin im Keller deponiert. Indem man also rasch noch das Revier markierte, ehe man daraus vertrieben wurde, hatte man ein letztes, jämmerliches Zeichen des Protests gesetzt.

Lieber Daniel!

Es fällt mir nicht leicht, Dir (ich darf doch per Du sein?) zu schreiben, aber nach langem Hin-und-her-Überlegen habe ich mich doch dazu entschlossen. Was sein muss, muss sein. Mit Deiner Mutter habe ich zweimal vergeblich zu korrespondieren versucht. Ich kann es ihr nicht verdenken, dass sie meine Briefe nicht beantwortet hat. Es ist zu viel gewesen zwischen uns. Die Anschrift Deines Bruders Georg war nicht auszuforschen, aber Deine habe ich gefunden, also wende mich nun an Dich.

Wir haben uns zwar nie gesehen, doch nehme ich an, dass Du weißt, wer ich bin. Als Dein Großonkel Jakob und ich uns mit Deiner Mutter überworfen haben, musst Du ja schon achtzehn Jahre alt gewesen sein. Wahrscheinlich denkst Du nichts Gutes über uns, und so kann ich nur hoffen, dass Du diese Zeilen trotzdem liest.

Jakob ist heuer im Frühling gestorben, und ich

musste mich in den vergangenen Monaten um seinen Nachlass kümmern. Großer Aufwand war das keiner. Außer mir ist ja niemand mehr übrig, dem er etwas hätte vermachen können, nicht einmal unsere frühere Schwiegertochter. Nach dem Tod Deines Cousins Daniil ist sie nach Amerika gegangen, um dort wieder zu heiraten. Dass es für sie ein Leben nach Hans und Daniil gab, noch dazu ein Leben in Amerika, konnte ihr Jakob nicht verzeihen. So hat er auch mit ihr gebrochen, vor gut zwanzig Jahren, und ich habe seit damals nichts mehr von ihr gehört.

Nun ordne ich also die mageren Reste: hauptsächlich Papier und eine Handvoll Dinge, aber keine Menschen. Die Menschen hat mir der Hass genommen, erst der Hass der Völker auf die Juden, dann der Hass meines Mannes auf die Menschen. Er hat sich mit beinahe allen verfeindet, und ich bin nicht dagegen aufgestanden, habe ihn gewähren lassen, weil ich ihn nicht auch noch gegen mich aufbringen wollte. Ich hatte ja nur ihn. Er hatte ja nur mich.

Ich will Dich nicht zu lange mit persönlichen Befindlichkeiten strapazieren, Daniel. Für diesen meinen Brief gibt es zwei Gründe. Erstens will ich um Verzeihung bitten. Vor siebzehn Jahren haben wir Euch aus Eurem Haus vertrieben, weil Dein Vater die falsche Abstammung hatte. Auf der Geburtsurkunde, die er uns damals geschickt hat, stand auch der Name Deines Großvaters: Johann Kowalski. Was dieser Johann Kowalski während des Krieges getan hat, ist

Dir wahrscheinlich bekannt. In Israel zumindest kennt den Namen jeder, der in den Gaskammern Verwandte oder Freunde verloren hat.

Deshalb war es uns unmöglich, Euch unsere Hälfte des Hauses zu verkaufen. Wie hätten wir vom Sohn dieses Mannes Geld nehmen können? Woher stammte dieses Geld? Im Übrigen war es für Jakob eine grauenhafte Vorstellung, dass die Nachfahren Johann Kowalskis sein Elternhaus bewohnten, dass sie im Sander'schen Esszimmer aßen, im Sander'schen Schlafzimmer schliefen. Er ertrug diesen Gedanken nicht.

Wir hatten Deinem Vater nichts als seine Herkunft vorzuwerfen. Das war alles andere als gerecht, nur war Gerechtigkeit schon lange kein Kriterium mehr für uns. Wir glaubten nach wie vor zu wissen, wer die Guten sind und wer die Bösen, aber wer sein Lebtag selbst als böse gilt, verliert den Sinn für solche Dinge: Er sieht immer nur Hornissen, keine Bienen mehr, und schlägt um sich und tritt auf alles ein.

Was mich betrifft, so habe ich zum Schlagen und zum Treten keine Kraft mehr. Ich warte nur noch auf den Tod, den letzten großen Trost, den wir uns von den Nazis seinerzeit nicht spenden lassen wollten. Ja, es ist schon eine Ironie. Ich kann nur beten, dass es nach dem Sterben nichts mehr gibt, dass nichts mehr ist und nichts mehr kommt. Alles andere wäre doch nur eine weitere Hölle.

Aber das Gejammer einer alten Frau kannst Du mit Sicherheit nicht brauchen, Daniel. Du musst ja jetzt mitten im Leben stehen, hast wahrscheinlich Kinder und steckst voller Hoffnungen für die Zukunft.

Deshalb zum anderen Grund meines Schreibens: Jakobs Testament.

Da wir ja keine Nachkommen mehr haben, wollte Jakob unbedingt vermeiden, dass das Haus am Weidlingbach nach meinem Tod an Euch zurückfällt, und so bin ich jetzt notariell dazu gezwungen, es so rasch wie möglich zu verkaufen; der Erlös geht an ein Kinderheim in Tel Aviv. Mein Mittelsmann in Österreich hat schon zwei mögliche (und auch in Jakobs Sinne unbedenkliche) Interessenten an der Hand, sodass mit einem baldigen Vertragsabschluss zu rechnen ist.

Was Du vielleicht nicht weißt, ist, dass das Haus nun über all die Jahre leergestanden ist. Es wurde zwar von einem Wiener Hausverwalter notdürftig in Schuss gehalten, ist aber nach Eurem Weggang unbewohnt geblieben. Siebzehn Jahre lang war es ein Geisterhaus, eine Gruft der zerbrochenen Seelen.

Nun hat mich der Verwalter davon unterrichtet, dass in einem Kellerraum noch Sachen liegen, die, wie ich vermute, Euch gehören. Ob diese Dinge einen Wert für Dich besitzen, weiß ich nicht, aber der Ordnung halber will ich Dir doch freistellen, sie aus dem Haus zu holen, bevor es den Besitzer wechselt, renoviert wird oder abgerissen.

Leider ist das alles, was ich anzubieten habe, Daniel. Ich habe die Visitenkarte des Verwalters beigelegt, bei dem Du Dir die Schlüssel holen kannst.

Nun bleibt mir nicht mehr viel zu sagen. Höchstens noch das eine: Falls Du denkst, es könnte etwas anderes als Groll und Schmerz in ihr erwecken, richte Deiner Mutter bitte Grüße aus. Ich hoffe, Deinen Eltern geht es gut.

Auch Dich grüßt

Tante Ruth

Aus dem Wald jenseits des Bachs drang das erregte Pfeifen eines Vogels, vielleicht strich ein Marder durchs Unterholz. Ein Windhauch tanzte auf dem Gras.

Daniel schob Ruths Brief in das Kuvert zurück. Er hatte ihn wieder und wieder gelesen, doch nicht einmal zwischen den Zeilen eine Antwort entdeckt. Warum war er zum Weidlingbach zurückgekehrt?

Noch gestern, kurz vor dem Abendessen, hatte er den Brief auch Marion gezeigt, nicht ohne widersprüchliche Gefühle zu empfinden. Seinem grundsätzlichen Unwillen, an Vergangenem zu rühren, stand eine Spur verschrobenen Stolzes gegenüber, ein winziger wohliger Schauder, in seiner Familie ein Stück Weltgeschichte reflektiert zu sehen.

«Die alte Frau ist wirklich zu bedauern.» Marion hatte nach dem Salzstreuer gegriffen und dabei ihr Weinglas umgestoßen. «Scheißdreck! … 'tschuldigung …»

Die Kinder hatten losgekichert.

«Welche alte Frau denn?», hatte Michael gefragt,

ohne den Blick von der gigantischen Portion Spaghetti abzuwenden, die sich vor ihm auf dem Teller häufte.

«Deine Urgroßtante.» Anna, froh, den Bruder ausstechen zu können, hatte eine ernste Miene aufgesetzt: Sie demonstrierte Überlegenheit und schlug sich auf die Seite der Erwachsenen. Als Zwillingsschwester, die sich schon bei ihrem ersten Wettlauf – nämlich jenem aus dem Mutterbauch – um Kopflänge geschlagen hatte geben müssen, war ihr jeder kleine Sieg willkommen.

«Warum ist sie zu bedauern?», setzte Michael nach.

«Weil sie alles verloren hat», sagte Marion, die Küchenrolle in der Hand.

«Und wieso?»

«Der Krieg, die Bomben, die Gewalt ...»

«Cool», sagte Michael und schob sich einen Bissen in den Mund.

«Was heißt da *cool*, du hast ja keine Ahnung.» Anna schüttelte den Kopf.

«Als ob du eine hättest.»

«Schluss jetzt, ihr beiden, das Essen wird kalt», schob Marion der aufkeimenden Fehde einen Riegel vor. Sie griff nach ihrem frisch gefüllten Weinglas.

Am späteren Abend, als die Kinder schliefen, saßen Marion und Daniel müde auf dem Sofa, um dem Tag noch ein, zwei ruhige Stunden abzutrotzen. Im Fernsehen lief eine französische Komödie, die wiederholt von Werbepausen unterbrochen wurde.

«Wirst du gehen?», fragte Marion, während auf dem Bildschirm ein bekannter deutscher Fußballspieler über seine Altersvorsorge sinnierte und seine Versicherungsgesellschaft rühmte.

«Gehen? Wohin?», gab Daniel zerstreut zurück.

«In dieses Haus. In euer Haus am Weidlingbach.»

«Ich weiß nicht. Eigentlich …»

«Du könntest doch vorbeischauen, wenn du deine Mutter wieder mal besuchst. Von Klosterneuburg sind es höchstens zehn Minuten.»

«Eigentlich», sprach Daniel weiter, «hab ich längst mit diesen Zeiten abgeschlossen.»

«Diese Dinge, die dort noch im Keller lagern – was sind das für Sachen?»

«Ehrlich gesagt, ich weiß es nicht. Ich habe keine Ahnung mehr. Wahrscheinlich alter Plunder und halbverrottete Möbel, aber ganz sicher nichts Wertvolles.»

Ein früherer Formel-1-Weltmeister grinste aus dem Fernsehapparat; er sang ein Loblied auf den Zinssatz seiner Bank.

«Du hast schon einmal etwas angedeutet», meinte Marion nach einer Weile, «aber was ist damals eigentlich gewesen? Was genau hat er verbrochen?»

«Wer?»

«Dein Großvater. Dieser Johann.»

«Er … Na ja, er hat …»

Die Werbepause war zu Ende, und der Film lief weiter.

«Ich erzähl es dir morgen», sagte Daniel.

Im Keller

Laut Familienchronik war die Sippe der aus Polen stammenden Kowalskis im Jahr 1683 nach Wien geschwemmt worden. Der Urvater der österreichischen Stammeslinie war Soldat im Entsatzheer des Königs Sobieski gewesen; angeblich hatten die beiden gemeinsam, ja *Seite an Seite* die eingekesselte Stadt aus den Händen der Türken befreit. Kowalski, so hieß es, habe in der Schlacht am Kahlenberg so tapfer und beherzt gekämpft, dass ihm der König nach dem Abzug der Osmanen nicht nur seinen Wunsch erfüllte, den Armeedienst zu quittieren, sondern dass er ihm zum Dank auch noch manch güldenes Beutestück aus dem persönlichen Besitz des geflohenen türkischen Heerführers Kara Mustafa verehrte.

Glaubhafter war allerdings die Annahme, dass sich der erste österreichische Kowalski auf Französisch aus der polnischen Armee empfohlen hatte. Anscheinend war er – noch *vor* der Schlacht am Kahlenberg – Richtung Westen desertiert, um seinen Samen in den Schößen einer ganzen Reihe alpenvorländischer

Mädchen zu versenken. Junge Frauen, mit denen er, sei es nun nacheinander oder polygam, sogar die Ehe einging. Anders wäre es kaum zu erklären gewesen, dass der Nachname Kowalski schon knapp dreißig Jahre später in den Städten Steyr, Wels und Linz kursierte, während es ein weiteres Jahrhundert dauern sollte, bis man ihn zum ersten Mal in den Annalen Wiens verzeichnet fand (und zwar im sanitätspolizeilichen Totenbeschauprotokoll der Dienstmagd Ursula Kowalski, deren Leichnam im Sommer 1793 aus nicht näher bezeichneten Gründen geöffnet wurde).

Generell blieb die Familie bis ins 20. Jahrhundert unauffällig. Auch für die Behauptung, ein gewisser Franz Kowalski habe maßgeblich, ja *federführend* beim Bau der Semmeringbahn mitgewirkt, war kein Beweis zu finden. Franz, so lautete die Überlieferung, sei ein enger Freund des kongenialen Ingenieurs und Eisenbahngeneralinspektors Carl Ghega gewesen, und so habe Ghega ihn des Öfteren um seinen Rat gefragt. Besonders knifflige Probleme bei der Streckenführung und Errichtung der Gebirgsbahn habe Franz Kowalski meisterhaft gelöst, und dass der ehrgeizige Ghega schließlich allen Ruhm für sich beansprucht habe – 1851 wurde er für seine Leistung sogar in den Adelsstand erhoben –, sei ein ungeheurer Verrat gewesen, der dann auch zum Bruch zwischen Kowalski und dem frischgebackenen Carl Ritter von Ghega geführt habe.

In alten K. K. Materialbüchern tauchte der Name

Franz Kowalski wirklich auf. Als Handelsagent einer Salzburger Pulvermühle hatte er Schwarzpulver für die in mörderischer Kleinarbeit vorangetriebenen Tunnels der Bahntrasse geliefert. Auch stand in den Protokollen verzeichnet, dass er kurz nach der Beförderung Ghegas von einem anderen Agenten ersetzt worden war. Für seinen Abschied war aber vermutlich seine kreative Preisgestaltung ausschlaggebend. So war nachzulesen, dass sein Nachfolger (der in derselben Pulvermühle tätig war!) für ein Pfund Sprengstoff nicht einmal die Hälfte von Kowalskis Preis veranschlagte.

Über Franz Kowalskis erstgeborenen Sohn, der auf den einfallsreichen Namen Franz Kowalski junior hörte, war schon etwas mehr mehr bekannt. Der Junior gründete – wahrscheinlich mit dem Geld, das sein Vater am Semmering erwirtschaftet hatte – eine Chemiefirma in Ried im Innkreis. Der berühmte grüne Lack, mit dem der große Otto Wagner die Laternen und Geländer, Stadtbahnbrüstungen und -viadukte Wiens versah und so das kaiserliche Stadtbild der Jahrhundertwende prägte, stammte angeblich aus Franz Kowalski juniors Farbenproduktion. Tatsächlich waren seine unternehmerischen Fähigkeiten eher dürftig. So entging er 1893 knapp dem drohenden Konkurs, nachdem ihm einer seiner Gläubiger, der Kaolinminenbesitzer Oskar Rosenberg, aufgrund immenser Außenstände den Gerichtsvollzieher auf den Hals gehetzt hatte. Besagter Rosenberg war übrigens ein waschechter Germane, groß und blond und stämmig und von inbrünstiger deutschnationaler Gesinnung (so wie auch sein Namensvetter Alfred Rosenberg, der zur Führungselite der Nazis gehören und als Kriegsverbrecher hingerichtet werden sollte); Oskar Rosenberg war also ungeachtet seines jüdisch anmutenden Namens nicht der Auslöser für den latenten Antisemitismus, der in Franz Kowalski juniors Familie schlummerte und wuchs und wucherte, bis er bei Johann vollends ausbrach.

Johann kam im Frühjahr 1894 als viertes Kind von Franz Kowalski junior und seiner Gattin Martha auf die Welt. Bei seinem großen Bruder (die zwei anderen älteren Geschwister waren Mädchen und per se von minderer Bedeutung) stellte sich zum Leidwesen der Eltern ein genetischer Defekt heraus; er war, wie man so sagte, ein *mongoloider Idiot*. Im Alter von fünf Jahren wurde er von seinem Vater unter falschem Namen in der Linzer Landesirrenanstalt abgegeben: eine stille, unauffällige Entsorgung, die den kerngesunden Johann an die Spitze der Erbfolge katapultierte.

Nach dem Schulabschluss schickte man Johann nach Wien, wo er ein Studium der Rechtswissenschaften begann. Es zu beenden, war ihm aber nicht vergönnt, denn schon acht Wochen später wurde er, noch ohne auch nur eine Prüfung abgelegt zu haben, telegraphisch in das Rieder Elternhaus zurückbeordert. Sein Vater hatte tags zuvor einen Arbeitsunfall erlitten, er war von einem lecken Fass Salpetersäure so schwer verätzt worden, dass er die Nacht nicht überlebt hatte.

Die Leitung der Chemiefirma fiel nun in Johanns Hände, und nach kurzer Zeit erwies sich, dass es ihm trotz seiner Jugend nicht an kaufmännischem Können mangelte: Bereits drei Jahre später war er Herr eines florierenden Betriebs, der sich dank Johanns Weitblick nicht mehr nur der Produktion von Farben, sondern auch der Herstellung von Chlor- und Senfgas widmete. Als kurz darauf der Erste Weltkrieg ausbrach, wurde die Firma als *kriegswichtig* eingestuft, was – neben einem vollen Auftragsbuch – den Vorteil hatte, dass man Johann nicht zum Militärdienst einberief. Er diente der großen gemeinsamen Sache auf seine Weise.

Dennoch brach die Monarchie zusammen. Ein Zusammenbruch, der Johann aber weder wirtschaftlich noch ideell tangierte. Im Februar 1920 reiste er nach München, um im Hofbräuhaus ein Bier zu trinken und der Gründung der Nationalsozialistischen Deutschen Arbeiterpartei beizuwohnen. Leicht berauscht ergatterte er das Parteibuch mit der Nummer 622, was insofern beachtlich war, als das Parteiverzeichnis damals überhaupt erst mit der Nummer 501 begann.

Nachdem die Nazis 1923 im gesamten Deutschen Reich verboten worden waren, widmete sich Johann wieder stärker den Geschäften. Er eröffnete ein zweites Unternehmen, das er trotz des österreichischen Standorts DEDA (Deutsche Entwesungs- und Desinfektionsanstalt) nannte, und so wurde er, der immer für das Jagdhandwerk geschwärmt, es aber nie betrieben hatte, nun doch wenigstens zum Kammerjäger.

Im Februar 1925 fuhr er wieder auf ein Bier nach München, diesmal in den Bürgerbräukeller, in dem die NSDAP sich abermals konstituierte. Johann trank und lauschte den Ergüssen der Beschützer und Erneuerer der deutschen Rasse. Mit einem ansehnlichen Rausch und einem druckfrischen Parteibuch kehrte er nach Ried zurück.

Im Lauf der Folgejahre pflegte er Kontakte mit den einflussreicheren seiner Parteigenossen, was die Umsatzzahlen sowohl der DEDA als auch der Chemiefirma erheblich steigerte, und diskutierte an diversen Stammtischen über die Zukunft eines großen Deutschen Reichs, das von sauberem Bier und sauberem Blut geprägt sein sollte: Schließlich habe das weithin gerühmte deutsche Brauereigewerbe seinen guten Ruf ja auch dem uralten bayrischen Reinheitsgebot zu verdanken.

Johann war ein Mann der Tat; statt sich nur theoretisch mit der Rassereinheit künftiger Generationen zu befassen, leistete er seinen ersten substanziellen Beitrag zu ihrer Umsetzung. So ehelichte er die Tochter eines Innviertler Geflügelbauern (ein schlankes blauäugiges Mädchen namens Edeltraud, das seine blonden Zöpfe ganz nach alter Tradition zu einem Kranz zusammenflocht; erst nach der Hochzeit wich das goldene Vogelnest dem obligaten Kopftuch) und begann, im Jahrestakt kleine Kowalskis in die Welt zu setzen: 1926 Herrmann, 1927 Helga, 1928 Heinz.

Ein zeitweiliger Zaungast bei den Stammtischrunden hatte sich zu dieser Zeit noch nicht der NSDAP verschrieben (das war insofern bemerkenswert, als Johann ihm eine Dekade später seine lukrativsten Aufträge verdanken würde): Adolf Eichmann, ein schmächtiger Handelsvertreter, der mit seinen Eltern zehn Jahre zuvor aus Solingen nach Linz gezogen war. Erst 1932 trat der junge Eichmann offiziell den Nazis bei, und er traf diese Entscheidung, wie gemunkelt wurde, unter dem massiven Einfluss seines Förderers Johann Kowalski. Als dann ein Jahr später Hitler an die Macht kam und die NSDAP in Österreich verboten wurde, wanderte Eichmann nach Bayern aus, wo er eine SS-Ausbildung absolvierte und damit die Grundlage für seine weitere Karriere schuf.

Sein Mentor Johann blieb in Ried; er hielt seine Gesinnung wie auch sein Parteibuch wohl verborgen und erwartete in Österreichs Abenddämmerung das deutsche Morgengrauen.

1938 sollte ein bedeutungsvolles Jahr für die Kowalskis werden. Deutschlands lang ersehnte Annexion der nunmehrigen Ostmark ging mit einem neuerlichen Ausbleiben von Edeltrauds Menstruation einher, und bald stand fest, dass – wie als Würdigung der vaterländischen Empfängnis – auch eine private stattgefunden hatte.

Paul, der Nachzügler, kam im November 1938 auf

die Welt, in jener Nacht, als zwischen Friedrichsstadt und Klagenfurt die Synagogen brannten. Während Edeltraud im Schlafzimmer gegen die Wehen anbrüllte, lief Johann, hin- und hergerissen zwischen häuslichen und nationalen Glücksgefühlen, in der Küche auf und ab, wobei die Hebamme zuweilen schweigend seine Wege kreuzte, um sich einen Lappen oder einen Topf mit heißem Wasser zu besorgen.

Immer zäher verrannen die Stunden; Pauls Geburt geriet zu einer quälenden und langwierigen Angelegenheit. Der Kleine wollte einfach nicht heraus, und Johann fühlte einen dumpfen Unmut in sich wachsen: Wenn es jemals einen guten Ort und eine gute Zeit gegeben hatte, um geboren zu werden, dann doch hier und heute! Dieses Balg stand an der Schwelle einer glorreichen Epoche; warum also weigerte es sich so trotzig, sie zu überschreiten?

An der Decke flackerte der Widerschein der Flammen, die gleich auf der anderen Straßenseite aus der Schusterwerkstatt eines Mannes namens Levi schlugen.

Als bereits der Morgen dämmerte, gelang es Edeltraud, das Kind aus ihrem Bauch zu pressen. Paul war ungewöhnlich still, auch wenn er von der Hebamme nach mehrmaliger Untersuchung seines kleinen, geschundenen Körpers für gesund befunden wurde. Mit dem großen, geschundenen Körper der Mutter verhielt es sich anders: Noch im Kindbett zog sie sich infolge einer Uterusentzündung eine Blutvergiftung zu, der sie nach einem weiteren tagelangen Kampf erlag.

Dass seine väterliche Zuneigung zu Paul infolge all dieser Ereignisse (zuerst die Reichskristallnacht, die er wegen Pauls Verstocktheit nur am Rande miterleben durfte, dann noch Edeltrauds geburtsbedingter Tod) begrenzt blieb, würde Johann immer wieder abstreiten: Für familiäre Zärtlichkeiten sei ihm eben wenig Zeit geblieben, schließlich habe er sich ja im Interesse aller um die Firma kümmern müssen.

In den ersten Wochen ließ er Paul daher von einer Amme, später dann von einem Kindermädchen, einer Deutschpolin aus Schlesien namens Gertrud, aufziehen. Was die älteren Geschwister anbelangte, wusste er sie in der Obsorge der Hitlerjugend bestens aufgehoben. Herrmann, Heinz und Helga wurden ganz in seinem Sinne ausgebildet, sie entwickelten sich prächtig.

Ende August 1939 heiratete Johann Pauls Ersatzmutter, die schmächtige und unscheinbare Gertrud. Überhaupt war dieser Spätsommer der deutschen Hinwendung zu Polen gewidmet: Gleich nach Johanns kleiner zwischenstaatlicher Vermählung und der kleinen, in der Hochzeitsnacht vollzogenen Invasion drang auch die große deutsche Wehrmacht aus den Niederungen Ostpreußens in Polen ein.

Wie Johann stolz vermerkte, schloss sich so ein großer Kreis in der Geschichte des Kowalski-Clans: Hatte der Ahnherr der Familie einst sein Land verlassen und den Okzident befreit, befreite nun der Okzident das Land des Ahnherrn, pumpte frisches deutsches Blut in seine ausgelaugten Wurzeln.

Eine Läuterung, zu der auch das Kowalski'sche Chemiewerk einen wesentlichen Beitrag leisten durfte. Denn im selben Maß, in dem es den so fieberhaft wie notdürftig errichteten Armee- und Internierungslagern in den neu erschlossenen Gebieten an Hygiene mangelte, stieg auch die Nachfrage an Pestiziden und Begasungsmitteln. Johanns Leute hatten alle Hände voll zu tun; sie produzierten und verwendeten ein lizenziertes Fabrikat, das zu Beginn der zwanziger Jahre von der Deutschen Gesellschaft für Schädlingsbekämpfung entwickelt worden war: in einer hochporösen Masse (Kieselgur oder gepresster Faserstoff) gebundenen, durch katalytische Oxidation von Ammonium-Methan gewonnenen Cyanwasserstoff, kurz Blausäure. Das Trägermaterial, luftdicht in Blechdosen verschlossen, setzte erst nach deren Öffnung sein Giftgas frei. In dieser für den Anwender gefahrlosen, für Läuse oder Ratten aber todbringenden Form trug das Produkt den Namen *Zyklon-B*.

Obwohl der allgemeine Aufschwung der Entwesungsindustrie in erster Linie die Umsatzzahlen der einschlägigen deutschen Großkonzerne steigen ließ, fiel also für den Rieder Produktionsbetrieb ein schönes Stück vom Kuchen ab. Ein Stück, das – analog zu den kontinuierlichen Gebietsgewinnen durch die deutschen Truppen – immer größer wurde. Außerdem ersparte sich die DEDA bald schon ihre aufwendigen Auslandseinsätze. Hatten die Kammerjäger anfangs noch bis zu den polnischen Bastionen fahren müssen, um Soldaten und Gefangene von ungebetenen vier- bis sechsbeinigen Gästen zu befreien, so konnten sie sich jetzt auf ihre Nachbarschaft beschränken, ohne finanzielle Einbußen in Kauf nehmen zu müssen: Gerade einmal 90 Kilometer maß die Strecke zwischen Ried und dem östlich gelegenen Steinbruch *Wiener Graben*, wo sich die Baracken zweier neuer Konzentrationslager befanden und wohin das Ungeziefer, wie Johann zu sagen pflegte, aus dem ganzen Deutschen Reich frei Haus geliefert wurde. Die Lager hießen Mauthausen und Gusen.

Ob es schon damals Adolf Eichmann war, der Johanns Firmen bei den zuständigen Stellen protegierte, würde sich in späteren Zeiten nicht mehr feststellen lassen, wohl aber, dass Eichmann – mittlerweile Leiter des Gestaporeferats für Judenangelegenheiten – seinen väterlichen Rieder Freund im Spätsommer des Jahres 1941 kontaktierte, um sich, wie es hieß, in *reichswichtigen Fragen* mit ihm auszutauschen.

Deutschlands Expansion war voll im Gange; Hitlers Truppen waren inzwischen auch in Russland eingefallen und bis nach Kiew vormarschiert. Der sogenannte Kampf gegen den jüdischen Bolschewismus stellte den NS-Stab und damit auch Eichmann nun aber vor eine kolossale Aufgabe: Wohin mit all den Kriegsgefangenen? Wohin mit all den Juden, den

Zigeunern, die am Weg nach Moskau aufgesammelt wurden? Dass sie dezimiert gehörten, stand schon lange fest, die Frage war nur, wie man die Entsorgung von Millionen dieser rassisch minderwertigen Subjekte rationell und kostengünstig durchführen konnte.

Allem Anschein nach war Johann in der Lage, Eichmann einige Ideen zu liefern oder doch zumindest dessen vage Phantasien auf ein konkreteres Niveau zu heben. Wie sonst hätte das einfache und naheliegende Verfahren, die Passagiere eines luftdicht abgeschlossenen Lkws mit den von ebendiesem Wagen produzierten Abgasen zu töten, die SA-interne Bezeichnung *Kowalski-Prinzip* erhalten können? Ab 1942 pendelte der sogenannte *Sonderwagen* zwischen Gusen und Mauthausen hin und her; sein gemächliches Tempo spottete der allgemeinen Hektik, die in ganz Europa Platz gegriffen hatte.

Kohlenmonoxid war aber nicht der Stoff, dem Johann seinen späteren Ruf und Reichtum zu verdanken haben würde. Schließlich hatte man inzwischen Tausende sowjetische Gefangene in Gusen und Mauthausen eingeliefert, derer mit dem Sonderwagen schwerlich Herr zu werden war. Man musste sich daher geeigneteren, effizienteren Methoden zuwenden, Methoden, die – kurz nach der Unterredung Eichmanns mit Kowalski – im September 1941 einem ersten aussichtsreichen Test in Auschwitz unterzogen wurden. Anfang 1942 war es Johann höchstpersönlich, der im Gusener Konzentrationslager zur Tat schritt:

Mit der Unterstützung eines seiner Mitarbeiter machte er sich an die von der Lagerleitung angeordnete *Entwesung* der Baracken, während die Gefangenen, ihrer Kleider ledig, auf dem staubigen Appellplatz warteten. Durch eigens dafür vorgesehene Klappen an den Außenwänden der Gebäude wurden die geöffneten Zyklon-Behälter eingeworfen, um Mikroben, Schaben, Läusen und der einen oder anderen Ratte den Garaus zu machen.

Dass die Türen und Fenster des Krankenblocks nicht nur hermetisch abgedichtet, sondern überdies mit Brettern zugenagelt waren, bedurfte keiner weiteren Erklärung. Johann ließ zwei Dosen in die Klappe gleiten und vergaste 150 Menschen, die im Inneren auf den Pritschen lagen.

Bis zum Niedergang des Deutschen Reichs florierte die Chemiefabrik. Dank Adolf Eichmanns Einfluss konnte Johann das Geschäft gehörig expandieren, seine Leute arbeiteten im Akkord, und seine schwerbeladenen Laster fuhren bis nach Majdanek und Sachsenhausen.

Noch am Morgen war das Wetter kühl und grau gewesen. Die Zwillinge hatten sich zur Schule aufgemacht, während Daniel mit Marion am Frühstückstisch verweilt war, um ihr die Geschichte der Kowalskis zu erzählen. Brot und Butter, Wurst und Käse standen unberührt am Tisch; sie hatten beide keinen Appetit gehabt.

«Und nach dem Krieg?», fragte Marion.

«Vier Jahre», sagte Daniel. «Er war nur vier Jahre lang in Haft, weil ihm der Richter abgekauft hat, dass ihm die Gefangenen im Krankenblock entgangen sind – also entgangen im Sinn von *nicht aufgefallen*. Anfang der Fünfziger ist er als freier Mann nach Ried zurückgekehrt.»

«Und dann?»

«Dann hat er die Chemiefirma an Herrmann, seinen Ältesten, übergeben und ist in Pension gegangen. Die DEDA hat zu der Zeit nicht mehr existiert, sie ist kurz nach dem Krieg geschlossen worden. Von den Amis. Offensichtlich wollten sie doch wenigstens die Waffe liquidieren, wenn schon der Mörder mit vier Jahren davongekommen war.» Daniel verzog den Mund zu einem bitteren Grinsen und sah aus dem Fenster. Auf der anderen Straßenseite stand der Handwagen eines Prospektverteilers, zwischen den geparkten Autos scharrten graue Tauben in der grauen Gosse.

«Also ist die Firma dann von Herrmann übernommen worden?», knüpfte Marion an, um Daniel zum Weiterreden zu ermutigen.

«Im Grund hat ja der Herrmann den Betrieb schon längst geleitet; einer musste das ja tun, solang der Alte hinter Gittern war. Er hat natürlich kein Zyklon mehr produzieren lassen, sondern Farben, wie am Anfang. Grünen Otto-Wagner-Lack, um die zerstörte Wiener Stadtbahn wiederaufzubauen. Die Schwester, also Helga, hat sich um die Buchhaltung gekümmert, und der zweite Bruder, Heinz, ums Marketing. Ein sauberes und achtbares Familienunternehmen, chemisch reingewaschen von den braunen Flecken der Vergangenheit.»

«Und Paul? Dein Vater?»

Daniel zuckte mit den Achseln. «Er muss zirka zwölf gewesen sein, als Johann aus der Haft entlassen wurde, so alt wie Anna und Michael heute. Seine Stiefmutter hat ihn, soviel ich weiß, ganz gut behandelt. Aber Johann konnte wenig mit ihm anfangen. Er war doch eher klein, mein Vater. Schmächtig. Und er hatte dunkelbraune Haare.»

«So wie du.»

«Nu», grinste Daniel schulterzuckend.

Sicher, es gab eine Reihe nüchterner Erklärungen für seine Rückkehr an den Weidlingbach: Er hatte diesen arbeitsfreien Tag schon länger für einen Besuch bei seiner Mutter vorgemerkt, und Klosterneuburg war nur einen Katzensprung vom Weidlingbach entfernt. Auch das Büro des Hausverwalters, wo er ja zuvor den Schlüssel holen musste, lag strategisch günstig, nämlich an der nördlichen, nach Klosterneuburg hingewandten Wiener Stadtgrenze, in Nussdorf an der Donau. Dazu kam, dass Marion an diesem Tag nicht aus dem Haus musste (es war ihr arbeitsfreier Tag, an dem sie sich der Durchsicht unbezahlter Rechnungen, Bankauszüge und Versicherungsunterlagen widmete, nicht ohne sich danach bei einem kalten Achtel Weißwein in der heißen Badewanne zu entspannen) und Daniel daher ihr Mazda zur Verfügung stand. Er selbst besaß zurzeit kein Auto – seinen alten Volvo hatte er ein Jahr zuvor verkauft – und fuhr normalerweise mit der Bahn zu seiner Mutter.

Nüchterne Erklärungen. Für Daniel waren sie zweidimensionale Linien in einer dreidimensionalen Welt, mit deren Hilfe sich die Welt durchmessen, aber nicht begreifen ließ. Dass ein Besuch in seinem Elternhaus so prompt, bequem und ohne großen Umweg möglich war, erklärte zwar die Spontaneität, nicht aber das Motiv seines Entschlusses. Ein offenes Fenster ist ja auch kein Grund, sich aus dem dritten Stock zu stürzen.

Hatte er den Ausflug aus Berechnung gemacht? Vielleicht fand sich ja am Ende doch der eine oder andere Gegenstand im Keller, der sich noch – oder schon wieder – irgendwo verkaufen ließ, ein Möbelstück zum Beispiel oder auch sein alter, schäbiger Vergrößerungsapparat. Denn das war ja der Unterschied zwischen den Dingen und den Menschen: Wenn längst ausrangierte Dinge ein gewisses Alter überschritten, konnten sie mitunter wieder einen ungeahnten Wert erlangen, während es für ausrangierte Menschen kein Zurück mehr gab. Alte Gegenstände wirkten oft gewichtiger als neue, wie von einer vergessenen, archaischen Magie erfüllt, und sei es nur der Zauber jener Hingabe, mit der sie von den alten Menschen angefertigt worden waren.

Es gab ja eigentlich nur noch drei Möglichkeiten, um zu Wohlstand zu gelangen (Arbeit zählte Daniels Ansicht nach schon seit den Achtzigern nicht mehr dazu): Betrug (beziehungsweise Diebstahl), Glücksspiel oder eine Erbschaft. Deshalb wäre es für ihn, der weder zum Verbrecher noch zum Hasardeur geboren war, mehr als leichtfertig gewesen, diese Chance ungenutzt zu lassen und sich seine frühere Dunkelkammer nicht noch einmal näher anzusehen.

Eine weitere nüchterne Erklärung also, die den tatsächlichen Grund für Daniels Fahrt zum Weidlingbach verschleierte. Die Wahrheit nämlich war, dass etwas tief in seinem Inneren angestoßen worden war: ein winziges Gefühl, ein mikroskopisch kleiner Kiesel auf einer gigantischen Geröllhalde, der sich bei der Lektüre von Ruths Brief gelockert und bei dem Gespräch mit Marion vollends aus seiner steinernen Verankerung gelöst hatte. Natürlich spürte er die unscheinbare Regung in der Brache seiner ausgetrockneten Erinnerung, und diese Regung machte ihm vor allem eines: Angst.

Nachdem er sich von Marion die Autoschlüssel hatte geben lassen, war er kurz nach elf in Richtung Norden losgefahren. Die Wolkenwände waren aufgerissen, und die späten Sommersonnenstrahlen vergoldeten die Blechlawine, die sich träge durch die Heiligenstädter Straße wälzte. Daniel brauchte eine halbe Stunde bis nach Nussdorf (eine Strecke, die man unter günstigen Bedingungen in zehn Minuten schaffen konnte), und nach einer weiteren Viertelstunde fand er endlich einen Parkplatz in den engen Gassen. Der Verwalter, ein beleibter Mann mit einer breiten, silbernen Krawatte, war gerade im Begriff, zur Mittagspause aufzubrechen, aber als ihm Daniel den Grund seines Besuchs verriet, da blitzten seine kleinen Augen auf. «Das Sanderhaus, verstehe», sagte er. «Sie sind also der Neffe der Besitzerin?»

«Großneffe», antwortete Daniel.

«Sie müssen wissen», sagte der Verwalter, während er in einer Lade nach den Schlüsseln kramte, «dass die Gegend um den Weidlingbach gerade in den letzten Jahren einen ganz immensen Boom erlebt hat. Ein Objekt wie Ihres – also das von Ihrer Tante – findet man deshalb nicht mehr so leicht. Allein das Grundstück: Schon die Lage und die Größe machen es zu einer potenziellen Goldgrube, obwohl das Haus ja leider, sagen wir, ein wenig mitgenommen ist. Aber ein Haus lässt sich natürlich neu errichten, daher sollte es an kaufkräftigen Interessenten auch nicht mangeln. Also, was ich sagen wollte: Selbstverständlich stehe ich meinen Kunden jederzeit auch gern als Makler zur Verfügung. Und bei Ihrer Immobilie …»

«Es ist nicht meine», sagte Daniel.

«Aber vielleicht ja eines Tages?»

«Nein, ganz sicher nicht. Im Übrigen hat meine Großtante, soviel ich weiß, schon einen Käufer an der Hand.»

«Verstehe.» Über das Gesicht des Hausverwalters senkte sich ein dunkler Schatten. Anscheinend entsann er sich jetzt wieder seiner längst begonnenen Mittagspause. Ohne weitere Worte schob er Daniel den Schlüsselbund über den Tisch und ließ ihn den Empfang bestätigen.

«Wann wollen Sie die Schlüssel wiederhaben?», fragte Daniel.

«Egal. Im Lauf der Woche. Aber bitte während der Bürostunden.»

Das Pflegeheim der Mutter lag an den sanft abfallenden, nach Nordosten hin der Donau zugewandten Ausläufern des Wienerwalds. Dem ursprünglichen Hauptgebäude, einem malerischen kaisergelben Schlösschen, hatte man – wahrscheinlich in den Siebzigern – einen dreistöckigen Betonbau zugefügt, dessen Balkongeländer leuchtend rot und blau lackiert waren. Offensichtlich hatte man auf diese Weise seinen tristen Anblick zu kaschieren versucht, was aber vollkommen misslungen war: Der Anbau wirkte wie der Kindergarten einer Frauenhaftanstalt.

Die Mutter war nicht mehr als ein verschwindend kleiner Klecks im Grün des Anstaltsparks, ein steuerloses Boot am Meereshorizont. Sie saß in ihrem Rollstuhl unter einem Apfelbaum, gebeugt, zerknittert, regungslos, und starrte auf den Boden. Ein paar späte Wespen trudelten um ihren Schädel wie die lebenden Trabanten eines abgestorbenen Planeten. Eine hatte sich auf ihren Mundwinkel gesetzt und naschte von dem weißen Speichel, der sich darin angesammelt hatte. Daniel verscheuchte sie mit einer Handbewegung. Aus der Ferne musste diese Geste aussehen wie eine beiläufige Ohrfeige.

In seinen frühen Lebensjahren hatte er die Mutter heiß geliebt. Nichts anderes hatte Platz gehabt in seiner Welt, nichts anderes war erstrebenswert gewesen als die pausenlos erheischten, gierig aufgesogenen Zeichen ihrer Gegenliebe. Doch mit seinen zaghaft aufkeimenden Regungen von Eigenständigkeit war Daniel erstmals gegen eine Wand gestoßen, gegen eine unsichtbare Mauer aus Missbilligung und stummen Vorwürfen, an der er sich in seinem frühkindlichen Eifer hartnäckig die Seele blutig schlug. Je mehr er vom bedürftigen, hilflosen Säugling zur Person heranreifte, je mehr es ihm nicht mehr nur um Geborgenheit und Wärme, sondern auch um Anerkennung ging, desto pikierter wandte sich die Mutter von ihm ab. In einer Zeit, in der er es wie jedes Kind gebraucht hätte, sich im bedingungslosen Schutz der Mutterliebe zu erproben, zu entfalten, zu entdecken, lernte er vor allem, sich zu zügeln, um nicht zu enttäuschen. Denn der Platz, den das Gesetz der Welt (und seine Mutter *war* die Welt) ihm zuwies, war ein stiller Winkel, in dem zwei Gebote galten: angstvolle Zurückhaltung und stetige Verfügbarkeit.

Natürlich hatte auch der ältere Bruder seine Kränkungen erfahren. Aber Georg war – aus welchem

Grund auch immer – anders konstruiert. Er hatte sich schon früh für eine Strategie der Auflehnung entschieden, der das bittere Schweigen seiner Mutter auf die Dauer nicht gewachsen war. Er lockte sie aus der Reserve, brachte sie zum Brüllen, zum Kreischen, trieb sie an den Rand der Hysterie. So lebte er sich aus und holte sich zugleich die heiß ersehnte Zuwendung, wenn auch beileibe nicht in ihrer liebevollen Form.

«Da schaut es aus, dass einer Sau graust! Tausendmal hab ich dir schon gesagt, du sollst zusammenräumen!»

«Tausendmal!» Die höhnische, grotesk verzerrte Stimme Georgs, der die Mutter nachäfft. «Tausendmal hab ich dir schon gesagt!»

Die Angst verdichtet sich zu einem harten Kloß in Daniels Bauch.

«Halt deinen Mund! Das muss ich mir von dir nicht bieten lassen! Wenn du diesen Saustall nicht sofort …»

«Dann was?», brüllt Georg. «Das ist immer noch mein Zimmer! Meins! Und wenn es dir nicht passt, kannst *du* ja sauber machen!»

Ein plötzliches Klatschen, und Georg heult auf. An die Wand gedrückt – die Treppenstufen knarren hier nicht so laut – schleicht Daniel ins Erdgeschoss. Im Hausflur stiehlt er sich durch die halboffene Kellertür und steigt hinunter in die dunkle Stille.

Dass Georg das fragile mütterliche Gleichgewicht mutwillig sabotierte, war für Daniel unverständlich und zutiefst verstörend. Aus seinem stillen Winkel folgte er entsetzt den Feuerstürmen, die fast täglich durch das Haus brausten. Mit einem Mindestmaß an Selbstbewusstsein hätte er versucht, die Mutter zu verteidigen, aber er wusste, dass er seinem Bruder heillos unterlegen war. Der Glassturz, unter dem er wartete, bot keinen Schutz und hielt ihn doch gefangen.

Erst im Alter von knapp sieben Jahren begann er zögernd, an der unsichtbaren Wand zu kratzen, und so bildeten sich nach und nach die ersten feinen Haarrisse im Glas. Er ging nun in die Schule, wo er notgedrungen mit den Müttern anderer Kinder in Berührung kam. Zum ersten Mal erlebte er die Atmosphäre, die in anderen Elternhäusern herrschte, und zum ersten Mal bot sich ihm die Gelegenheit, sein Schicksal mit dem Schicksal anderer, gleichaltriger Kinder zu vergleichen. Ohne es zu wollen, hinterfragte er nun immer öfter das Verhalten der bislang bedingungslos geliebten Mutter: eine Überprüfung seines Allerheiligsten und damit eine regelrechte Blasphemie, die ihm, obwohl er sie wie unter Zwang beging, bleischwer auf dem Gewissen lastete.

Erst an der Schwelle zum Erwachsenenalter würde Daniel verstehen, dass auch die Mutter ohne Anerkennung aufgewachsen war. Dass sie in ihrem aussichtslosen Heischen nach einer Bestätigung, die sie als Kind von ihrer eigenen Mutter nie bekommen hatte, unsicher und klein geblieben und zugleich gealtert und verhärmt geworden war. Wie hätte sie Georg und

Daniel das Rüstzeug für ein selbstbestimmtes, würdevolles Dasein geben können, wenn sie selbst nicht darüber verfügte? Wenn sie sich in einem einzigen latenten Vorwurf an das Leben festgefahren hatte?

Selbstverständlich hatte auch die Mutter ihre guten Tage. Tage, die sie selbstvergessen, manchmal sogar fröhlich hinnahm, ohne sie an diesem oder jenem unerfüllten Lebenswunsch zu messen. Aber diese Tage waren selten, und sie konnten – oft durch Kleinigkeiten wie ein falsch verstandenes Wort – ein jähes vorzeitiges Ende nehmen.

Daniel würde also irgendwann auch das Warum begreifen. Damals aber, im Alter von sieben, wurde ihm nur eines klar: Es war nicht alles gut, so wie es war.

Die Haarrisse in seinem Glassturz wurden breiter, Daniels Bild der Welt begann sich zu verändern. Den Reflex des Stillhaltens, des Totstellens sollte er nicht mehr verlernen, auch das angsterfüllte Leiden an den wütenden Gefechten zwischen Georg und der Mutter blieb ihm weiterhin erhalten. Aber seine Sehnsüchte verschoben sich, die mütterliche Aureole büßte ihre Leuchtkraft ein.

Auch andere Menschen ließen sich vergöttern.

Daniel hatte sich aus dem Betonbau einen Stuhl geholt und saß der Mutter schweigend gegenüber. Dem Gefühl nach saß er schon gut eine Stunde hier, der Uhr nach waren es gerade einmal zehn Minuten. Früher hatte er zuweilen noch Bücher mitgebracht, um sie der Mutter vorzulesen, aber mit den Jahren war ihm die Lust daran vergangen. Selbst wenn sie noch etwas mitbekam, was von den Ärzten sehr bezweifelt, von den Pflegerinnen aber mit philanthropischer Sturheit behauptet wurde, konnte seine Stimme ihre Stummheit nicht mehr länger übertönen.

Wieder ließ sich eine Wespe auf dem Mundwinkel der Mutter nieder, wieder jagte Daniel sie weg.

«Diese Wespen», sagte er.

Am frühen Nachmittag stieg er ins Auto, hungrig, durstig und erleichtert, seine Pflicht erfüllt zu haben. Statt nun wie geplant den Weg zum Weidlingbach zu nehmen, fuhr er zunächst in den nördlichen Teil Klosterneuburgs, nach Kierling, wo es früher – seinen fragmentarischen Erinnerungen nach – ein kleines Heurigenlokal am Fuß der Weinhänge gegeben hatte. An dem einen oder anderen warmen Sommernachmittag waren seine Eltern mit dem Bruder und mit ihm dorthin gegangen, um nach einer etwa halbstündigen Wanderung bei Wein und Limonade (damals hatte man die Limonade *Kracherl* genannt) und Schmalzbroten den Abend zu erwarten.

Das Lokal gab es nicht mehr. Der Weingarten war jetzt von Einfamilienhäusern eingesäumt, vor deren schmucklosen Fassaden Terrakottastatuen und Gartenzwerge standen. Eine europäische Version des amerikanischen Idylls, wie Daniel vermerkte; Georg hätte sich wahrscheinlich wie daheim gefühlt.

Wohl oder übel kehrte Daniel ins Stadtzentrum zurück und suchte einen Supermarkt. Er kaufte Wasser, Käse, Brot und eine Kiste Weißwein. Marion würde sich freuen; sie mochte den herben Veltliner aus dem Wiener Umland. Ein Stück Brot mit Emmentaler kauend, lenkte er den Wagen endlich Richtung Weidlingbach.

In der Mitte des Gartens das zweigeschossige, schmucklose Haus mit dem beigen Verputz, robust und bescheiden zugleich. Der überdachte Holzstoß an der hinteren, der Fliederhecke zugewandten Wand. Hier mussten 1938 die ermordeten Urgroßeltern gelegen sein. Daniel erschauderte. Er dachte an den Tag, als er genau an dieser Stelle hinters Haus gepinkelt hatte, wie es kleine Buben eben tun, wenn sie, im Spiel versunken, zwischendurch rasch ihr Geschäft verrichten wollen. Die Mutter hatte ihn dabei ertappt; sie war mit einem Mal vor ihm gestanden, hatte ihn mit bitterer, tiefverletzter Miene angeschaut, um dann mit einem «Ich bin sehr enttäuscht, das hätte ich nicht von dir gedacht» ins Haus zurückzugehen.

Erst am Abend, nach endlosen Stunden des nagenden schlechten Gewissens, hatte sich das Rätsel aufgeklärt: Der von der Arbeit heimgekehrte Vater war in Daniels Zimmer gekommen, hatte sich zu ihm gesetzt und ihm mit ruhiger Stimme die Geschichte der Urgroßeltern erzählt.

«Es ist nicht leicht für deine Mutter, sie hat viel verloren in ihrem Leben. Außerdem», der Vater lächelt müde, «machen auch erwachsene Leute Fehler, manchmal große Fehler. Weil sie eben große Menschen sind.»

Der Vater riecht nach Rauch und Aftershave – ein herber Duft, den Daniel, obwohl er noch nie dort war, mit der Nordsee, mit Schiffen und Gischt und mit kreischenden Möwen verbindet.

«Komm, ich zeig dir etwas», sagt der Vater. Daniel folgt ihm die Treppe hinab in den Garten, über den sich schon der Sternenhimmel spannt.

Hinter dem Haus, nur wenige Meter vom Holzstoß entfernt, stellt sich der Vater an die Fliederhecke. «Schau, das ist ein besserer Platz.» Im fahlen Streiflicht, das durch die Gardinen aus dem Haus dringt, öffnet er die Hose und pinkelt mit einem kräftigen, glitzernden Strahl in die Büsche. Daniel weiß, wie sehr der Vater diesen Flieder liebt; er hat ihn eigenhändig angepflanzt.

Die Fliedersträucher waren frisch gestutzt; anscheinend hatte sich der Hausverwalter sehr ins Zeug gelegt, um das *Objekt* schon bald den ersten kaufkräftigen Interessenten präsentieren zu können. Das Laub war gerecht, der Rasen gemäht, sogar die beiden Blumenbeete waren wiederhergestellt, wenn auch mit Dahlien und Chrysanthemen statt der ursprünglichen Margeriten.

Jeder Schritt, den Daniel am Haus entlang zum großen, südlich ausgerichteten Bereich des Gartens machte, schwemmte lange abgelagerte Erinnerungssedimente in ihm hoch. Der Anblick jedes Steins und jeder Nische im Gebüsch war wie ein Weckruf für seine verschüttete kindliche Sinnlichkeit. Die überlieferten, bedeutungsschweren Familiengeschichten traten in den Hintergrund. Was er vor seinem inneren Auge sah, war seine eigene Geschichte, es gehörte ganz ihm selbst.

Der Zwetschgenbaum, an dessen Ästen eine ausgefranste, sackförmige Hängematte festgezurrt gewesen war. Dort hatte Daniel ungezählte Sommertage zugebracht, war in den Sonnenstrahlen, die durch das Blattwerk fielen, leise hin- und hergeschaukelt. Mehr als unbequem war das gewesen, aber seine jungen Knochen hatten sowieso keiner Bequemlichkeit bedurft. Das einzige Kriterium war der Blick von oben auf sich selbst, der pure Akt des In-der-Hängematte-Liegens, die halb abenteuerliche, halb verträumte Inszenierung.

Überhaupt das Abenteuer. Ob im Haus, im Garten oder in den umliegenden Wäldern: Immer auf der Suche nach dem Wilden, Unentdeckten (Räuberschätze, Steinzeithöhlen, antike Inschriften und Dinosaurierknochen), hatte Daniel in jedem Astloch, jedem Stückchen Erde, jedem Felsblock die Bedeutung einer potenziellen Fundstätte erkannt. Die unscheinbarsten Dinge wurden magisch, weil er sie mit seiner Neugierde verzauberte. In einer Gartenecke war er eines Nachmittags auf eine unebene Stelle in der Grasnarbe gestoßen, hatte gleich den Spaten aus dem Abstellraum geholt und losgegraben. Und tatsächlich: Nach gut einem halben Meter war die Schaufel auf etwas Hartes gestoßen, etwas, das sich bei näherem Hinsehen als Teil eines keramischen Objekts entpuppte. Daniel grub begeistert weiter, in der Überzeugung, Scherben einer römischen Amphore aufgespürt zu haben, ja vielleicht sogar ein ganzes, unbeschädigtes Gefäß aus grauer Vorzeit. Immer größer wurde die gewölbte, glatte Fläche, immer aufgeregter wurde Daniel. Obwohl der Durchmesser der Grube fast schon einen Meter maß, gelang es ihm noch immer nicht, das Artefakt herauszuholen. Es begann bereits zu dämmern, und er hörte den Wagen des Vaters vorfahren, der aus dem Büro nach Hause kam.

Der Vater (Aktenkoffer, heller Sommeranzug und Krawatte) sah ihn schon vom Gartentor, wie er verschwitzt und dreckig über seinem Aushub stand.

«Was machst du da?» Die Schatten eines langen Arbeitstages im Gesicht, schlendert der Vater auf ihn zu und schaut, die Stirn gerunzelt, in das Loch. Mit einer Mischung aus Befangenheit und Stolz – er hofft inständig, die Beschädigung der liebevoll gepflegten Rasendecke durch den Sensationsfund wettgemacht zu haben – wartet Daniel auf sein Urteil.

«Hast du auch gefragt, ob du das darfst?»

Ein stummes Kopfschütteln.

Über den Mund des Vaters huscht ein Schmunzeln, seine Augen glitzern. «Trotzdem gute Arbeit; ohne dich hätten wir früher oder später ein gehöriges Problem bekommen.»

Daniel versteht nicht, was der Vater meint.

«Schau her, mein Sohn», der Vater stellt die Aktentasche auf den Boden und geht in die Knie. Mit einem Fingerknöchel klopft er auf die rotbraune Keramikfläche. «Das ist … unser Abflussrohr. Jetzt wissen wir, wo es verläuft, und wenn es einmal bricht, dann müssen wir nicht alles aufgraben, um es zu finden. Wirklich gut gemacht.»

Es ist ein archäologisches Debakel, aber ein persönlicher Triumph. Mit sich und mit der Welt im Einklang macht sich Daniel daran, die Grube wieder zuzuschaufeln.

Damals musste er acht Jahre alt gewesen sein, und tief in seinem Inneren hatte sich von diesem Tag an eine vage Ahnung breitgemacht: Die Welt war voller Chaos und Enttäuschung, doch der Vater, dieser ruhige Zauberer, konnte sie in Ordnung bringen. Er war größer als die Welt.

Die Pergola hinter dem Haus – im Sommer hatte die Familie hier gefrühstückt und, sofern die Mückenschwärme nicht zu zahlreich waren, die Abende verbracht. Ein paar Meter entfernt der Swimmingpool: ein rundes Becken, halb in die leicht abfallende Rasenfläche eingelassen und mit einer Plane zugedeckt, auf der sich schon die ersten toten Blätter sammelten. An einem Eck hob Daniel die Plane an und sah darunter; das Bassin war freilich leer. Auch schien sich sein Boden gehoben zu haben; wäre Daniel hineingeklettert, wäre ihm der Rand nicht einmal bis zur Brust gegangen, während er als Kind den Kopf gerade über Wasser hatte halten können.

Hinter einem knorrigen Marillenbaum abseits des Beckens war das kleine Saunahaus gestanden. Merkwürdigerweise war es jetzt verschwunden; nur sein Grundriss zeichnete sich noch am Boden ab. Wenn Daniel die Augen schloss, sah er es vor sich: ein Häuschen, aus einfachen Brettern gezimmert, eine Tür, so bündig eingepasst, dass sie nur zu erkennen war, wenn sie geöffnet wurde. Dann quoll eine dichte Dampfwolke heraus, und aus den Schwaden trat der Vater, schweißglänzend und nackt (er war kein schöner Mann: die Schultern ein wenig zu schmal, die Hüften ein wenig zu breit, die Beine ein wenig zu dünn. An seinen weißen Füßen hatte er zwei Hammerzehen: versteinerte Zeugen des dürftigen Schuhwerks der Nachkriegszeit). Mit kurzen Schritten eilte er zu einem wackeligen Holzgalgen, an dessen Ausleger der Gartenschlauch befestigt war, und tanzte, schnaubte, prustete unter dem kalten Wasserstrahl. Noch immer dampfend wie ein Rennpferd nach dem Derby warf er sich mit einem Jubelruf ins Becken. Wenn sein Kopf Sekunden später aus dem Wasser tauchte, lachte er aus ganzem Herzen. Dieses Lachen war so breit, so überschwänglich und beseelt, wie Daniel es bei keinem anderen Menschen je erlebt hatte und je wieder erleben würde.

Er konnte die ersten Tropfen spüren, als er die Treppe in den Windfang hochstieg und die Haustür aufsperrte. Der Himmel war noch immer blau; die Tropfen hingen hinter seinen Augen.

Die Atmosphäre, mit der ihn das Haus umfing, entzog sich jeglicher Beschreibung; sie war ein Relikt aus einer Zeit, in der die Sprache noch viel dürftiger gewesen war als die Empfindungen. Knarrende Treppen. Gedrungene, stille, beschützende Mauern. Daniel vermerkte überrascht, dass diese Mauern ihre Wärme nicht verloren hatten. Und dass er die Tränen nicht verloren hatte, diese Weggefährten seiner Kindheit.

Wenn er schon nicht genau wusste, was ihn heute hergetrieben hatte, wurde ihm doch plötzlich klar, warum er diesen Ort, ja überhaupt die ganze Gegend all die Jahre lang so konsequent gemieden hatte. Tief vergraben unter den Erinnerungen an den Weidlingbach lag nämlich das verschollene Kapitel seiner Jugend, lagen jene zwei verdrängten Jahre: 1984 und 1985. Mit dem Aufwühlen seiner schlummernden Gefühle legte er nun aber Schicht um Schicht auch diese beiden Jahre frei. Mit seiner Rückschau auf das Leben weckte er unweigerlich den Tod.

Natürlich waren die Räume trist und leer, die Fenster blind, die Holzböden von einer Staubschicht überzogen. Es roch schal und muffig wie auf einem sommerlichen Dachboden. Unter den Fensterbänken lagen tote Fliegen, manche wohl schon längst mumifiziert. Für eine Stubenfliege, dachte Daniel, sind siebzehn Jahre ein immenser Zeitraum. Zweihundert Generationen, selbst bei langer Lebensdauer aller Ahnen.

Für ihn selbst waren diese siebzehn Jahre nur ein Augenblick, so zart und flüchtig wie die Spinnennetze in den Zimmerecken. Sie zerfielen, lösten sich in Nichts auf, während seine Phantasie das Haus mit Möbeln und Geräuschen füllte. Hier der wuchtige, gewachste Eichentisch, von Holzwürmern und Borkenkäfern mit geheimen Schriftzeichen versehen. Da die durchgesessene, mit lindgrünem Velours bezogene Couch, ein Überbleibsel aus den 1950ern.

Die elfenbeinfarbene Küchenkredenz, auf ihrer Ablage das eingeschaltete Transistorradio. Erregt berichtet der Sprecher vom syrisch-ägyptischen Angriff auf Israel – es ist Oktober 1973 –, während Buchfinken und Kohlmeisen im Vogelhäuschen vor dem Fenster um die frischen Sonnenblumenkerne streiten. Irgendwo im ersten Stock streiten auch Georg und die Mutter; Daniel kann ihr Gebrüll vernehmen. Warum trachten nur so viele Kreaturen nach Hader und Zerstörung? Zank und Krieg und Mordlust, dieses ganze unselige Streben nach Disharmonie – er kann es nicht verstehen.

So wie damals stieg er die enge, gewundene Treppe zum Keller hinab. Mit jeder Stufe wuchs die Stille – eine Stille, die er nie als bloße Abwesenheit von Lärm empfunden hatte, sondern immer als kompaktes, eigenständiges Geräusch. Dem Fuß der Treppe gegenüber lag das Herz des Weidlingbacher Souterrains, die Kellerstube. An den Wochenenden und in den ersehnten Ferienzeiten, die der Vater wenigstens zum Teil daheim verbrachte, hatte Daniel ihn manchmal in diesem Mittelding aus Partyraum (dem Hausaltar der Siebziger) und Werkstatt angetroffen. Hier befasste er sich mit verschiedenen Arbeiten, lackierte einen Beistelltisch, entrostete ein altes Fahrrad, reparierte den kaputten Rasenmäher. Auch das Vogelhäuschen vor dem Küchenfenster stammte aus der väterlichen Produktion, und einmal hatte er aus Fichtenholz zwei Stelzen hergestellt, auf denen Daniel dann einen ganzen Sommer lang ums Haus gelaufen war.

Der Vater hatte oft, aber nicht immer gute Laune. Hin und wieder stülpte sich die kleine Falte zwischen seinen Augen tief nach innen, grub sich an der Nasenwurzel wie ein schwarzer Canyon in die Haut. An solchen Tagen traf ihn Daniel mit Sicherheit im Keller an, in dem sie beide vor dem oberirdischen Getöse Zuflucht suchten. Einvernehmlich schweigend widmeten sie sich dann irgendwelchen unwichtigen

Tätigkeiten, brachten aber nichts voran. Er hätte seinen Vater so gern aufgemuntert, ihn getröstet, doch er war weder mutig genug, um die richtigen Worte zu suchen, noch alt genug, um sie zu finden. Er wusste, dass der Vater jede Art verschwörerischer Seilschaften in der Familie missbilligte, und etwas anderes, als sich mit ihm gegen die Mutter und den Bruder zu verbünden, wäre Daniel als Trost nicht eingefallen. Als Trost vor allem für sich selbst.

Der enge Gang, der zu den anderen Kellerräumen führte, lag im Dunkeln. Daniel drückte mehrmals auf den Lichtschalter, und erst nach einer Weile wurde ihm bewusst, dass ja die Leitungen schon lange keinen Strom mehr führten. Das war vorerst kein Problem, er fand den Weg auch in der Dunkelheit. Entschlossen ging er an der Tür zu jenem Raum vorbei, der doch das eigentliche Ziel der Reise war – die ursprüngliche Waschküche, die er als Sechzehnjähriger zur Dunkelkammer umgestaltet hatte –, und betrat den Heizkeller am hinteren Ende des Korridors.

Ein großer, quadratischer Raum, die Farbe an der Decke abgeblättert. Unter dem Plafond zwei Kellerfenster, etwa handbreit, die gerade so viel Licht hereinließen, dass man den alten Heizkessel erkennen konnte, diesen ehernen Schutzengel in langen, kalten Wintern. Auf dem Boden Holzreste und Asche; der vertraute Duft schwelender Scheite schien noch immer in der Luft zu hängen.

Rechts erhoben sich zwei Aluminiumregale an der

notdürftig mit Styropor gedämmten Mauer. Daniel schob seine linke Schulter in die Spalte zwischen den Stellagen, tastete die Wand ab. Wo die unteren beiden Reihen der Styroporplatten zusammenstießen, hatte die Momentaufnahme seiner frisch erwachten Sexualität gesteckt, das Bild der zweiten Göttin, die er nach der Mutter auf den Thron gehoben hatte. Ein fünf Zentimeter großer, auf den Umfang eines Zeigefingernagels zusammengefalteter Zeitungsausschnitt, der das grob gepixelte, schwarzweiße Foto eines Mädchens auf dem Schwebebalken zeigte: Die Turnerin Nadia Comăneci, damals vierzehn Jahre alt, war für den ein Jahr jüngeren Daniel Verheißung und Glückseligkeit in einem.

Er drückt seinen dünnen Körper zwischen die Regale und kratzt das Votivbild aus dem Styropor. Ein Blick zur Tür, man weiß ja nie, vielleicht hat ihn die Mutter in den Keller schleichen sehen und fragt sich jetzt, was er da unten tut. Dann aber konzentriert er sich auf das Papier in seiner Hand, auf Nadia, auf die weißen, zarten Glieder, auf den schwarzen, rätselhaften Blick. Der Umstand, dass sie aus Rumänien stammt, macht sie in seinen Augen erst für ihn erreichbar – eine zwar verquere, aber eingängige Logik. Denn Rumänien liegt im Ostblock, und der Ostblock ist ein unheilvoller Ort, wie jedes Kind im Westen weiß. Kein Mensch lebt gern im Ostblock, davon zeugt ja schon der ungeschlachte Schnitt der Trainingsanzüge, die sie dort drüben tragen müssen. In Rumänien gibt es keine Glockenhosen, keine Freiheit, keine Liebe, kurz: Sein Heimatort spielt Daniel genügend Trümpfe in die Hände, um den Nachteil seines kümmerlichen Selbstvertrauens auszugleichen.

Er wird Nadia retten, ihr zur Flucht verhelfen. Einen neuen Trainingsanzug (Neonfarben! Glockenhosen!) wird er ihr spendieren und ihr all die Dinge zeigen, die auch ihm noch ein Mysterium sind. Er wird sie auf den Gipfel eines Berges führen, den er selbst noch nie betreten hat. Hingebungsvoll und dankbar wird sie sich in seinen Augen spiegeln, so wie er sich in den ihren. Und in diesem Augenblick werden sie staunend und bestürzt erkennen, dass sie ihr Gegenstück auf dieser Welt gefunden haben, ihren Spiegelmenschen. Alles wird dann gut sein: die vollkommene Verschmelzung, das totale Ineinanderaufgehen. Heimgekommen sein.

Dass er mehrmals täglich in den Heizraum schlich, um sich beim Anblick ihres Bildes zu befriedigen, stand durchaus nicht im Gegensatz zu seiner inbrünstigen Liebe. Geist und Körper taumelten gemeinsam durch den Zustand der Verzückung, jeder kleine Höhepunkt bot einen Ausblick auf den großen Gipfel, auf die absolute physische und seelische Vereinigung. Allein war Daniel ein Nichts, zu zweit ein Alles.

Drei Jahre sollten noch vergehen, bis er zum ersten Mal mit einem Mädchen schlief, das nicht nur ein

Papierfetzen in einer Styroporwand war. Erika, die Tochter eines Studienfreundes und Kunden seines Vaters, zählte fünfzehn Jahre, hatte lange blonde Haare und roch wie in Margeritenblüten eingelegtes Nougat. Nach drei Wochen leidenschaftlicher Erkundung ihrer aufgeheizten Körper waren Erika und Daniel bereit. An einem Winternachmittag begaben sie sich ins *antike Monster*, wie Erika das Bett ihrer Eltern nannte, um den großen Schritt zu wagen. Freilich musste Daniel erst lernen, dass Oralsex in Verbindung mit Verhütungszäpfchen alles andere als ein Honiglecken war, doch letzten Endes ging die Premiere mit Erfolg über die Bühne. Daniel war eben im Begriff, sich seine Unterhose anzuziehen, als plötzlich ein frostiger Lufthauch durchs Zimmer strich. Die Tür zum Flur war aufgestoßen worden, und auf ihrer Schwelle stand ein weiteres antikes Monster: Erikas Vater. Gegen jegliche Gewohnheit war der Alte früher von der Arbeit heimgekehrt. Mit einem Blick erfasste er die Lage, drehte auf dem Absatz um und stapfte, die knochigen Hände zu Fäusten geballt, aus der Wohnung.

Die folgenden Stunden dienten der Schadensbegrenzung. Daniel, in einem nie gekannten Zustand zwischen Euphorie und Panik, übernahm die Aufgabe, das Hauptbeweismittel vom Tatort zu entfernen: Er wand sich das blutbefleckte Leintuch um den Körper, zog die dick wattierte Windjacke darüber und verließ, dem wohlbekannten Michelin-Männchen nicht unähnlich, nach ungezählten Küssen,

Liebesschwüren und Umarmungen die Stätte seiner Initiation. Er irrte schweißgebadet durch die Straßen, völlig außerstande, klar zu denken. Erst nach Stunden kam er zu dem Schluss, dass er die Angelegenheit zu Hause beichten musste. Seine Eltern würden ohnehin davon erfahren, wahrscheinlich schon am nächsten Tag, wenn das bedrohliche antike Monster seinen Vater im Büro anrufen würde, um ihm mit der Kündigung der Freundschaft, der Geschäftsbeziehungen und aller Firmenaufträge zu drohen, falls Daniel sich noch einmal seiner Tochter nähern sollte.

Nachdem er das blutige Leintuch an der Busstation in einen öffentlichen Mülleimer gestopft hatte, fuhr Daniel zum Weidlingbach.

Die Eltern sitzen auf der grünen Couch, sie schimmern blass im Flackerschein des Fernsehapparats. Mit weichen Knien tritt Daniel ins Zimmer.

«Ich muss euch was sagen.» Er hält inne, räuspert sich. «Die Erika und ich … Ihr Vater … Er ist plötzlich reingekommen.»

«Reingekommen?», fragt die Mutter.

«Er … hat uns erwischt.»

Der Vater beugt sich vor und greift zur Fernbedienung, um den Fernseher abzuschalten.

«Mein Gott!», ruft die Mutter, während sie bestürzt die Hände vor den Mund schlägt. «Und wobei erwischt? Habt ihr euch etwa abgeknutscht?»

Es ist schon eine Kunst, ihm diesen peinlichen Moment noch zu erschweren. Die Schultern schützend hochgezogen, schüttelt Daniel den Kopf. Dann blickt er auf und schaut den Vater an, der bisher keinen Ton von sich gegeben hat. Den Vater, der ganz reglos auf dem Sofa sitzt und dessen Augen glänzen wie zwei kleine Seen inmitten eines Lachfaltengebirges.

Seinen freudestrahlenden und stolzgeschwellten Vater.

Daniel schwebte. Ein Jahr lang war alles gut, nein, besser als nur gut. Schon in den ersten Tagen hatte sich herausgestellt, dass die Verstimmung seines zukünftigen Schwiegervaters (denn daran, dass das bedrohliche antike Monster irgendwann sein Schwiegervater werden würde, hegte Daniel keinen Zweifel) nur ein Strohfeuer gewesen war. Die junge Liebe wurde akzeptiert, und Daniel durfte seine freie Zeit fortan mit Erika – auf Erika, in Erika! – verbringen. Mindestens dreimal pro Woche trafen sie einander, um den Gipfel zu erstürmen. Ihr Verlangen nach der nackten Haut des anderen steigerte sich bald zur unstillbaren Sucht. Sie gingen ins Kino, ohne den Film zu sehen, in Discotheken, ohne die Musik zu hören, ins Bett, ohne zu schlafen. Ab und zu versuchte Daniel, mit Erika zu reden, aber dann schob sie – wie unabsichtlich – ihren Rock ein wenig hoch, gerade weit genug, dass ihm ein Stückchen ihres weißen Baumwollslips entgegenblitzte, und schon war das Reden auf den nächsten Tag verschoben. Daniel hatte kein Problem damit; am liebsten hätte er sich ohnehin mit Haut und Haaren zwischen ihren Schenkeln eingenistet, ohne je wieder hervorzukommen.

Ende Februar 1979 mussten sie einander eine Woche lang entbehren, weil Erika auf Schulschikurs nach Salzburg fuhr. Fünf Tage nach dem Abschied kam ein Brief von ihr, den Daniel frohgemut und ungeduldig öffnete. Barocke Mädchenschrift in veilchenblauer Tinte auf blassrosa Briefpapier. Sie schrieb, sie könne Tag und Nacht an nichts mehr anderes denken als an ihn. Er fehle ihr unendlich, ja er fehle ihr so sehr, dass sie bereits am zweiten Abend mit zwei Schulfreunden geschlafen habe (*nein, natürlich nacheinander, nicht zugleich!*), um ihre Sehnsucht zu bezwingen.

Daniel spürte es nicht nur, er konnte es tatsächlich hören, wie etwas in seinem Inneren zerriss. Er las die Zeilen immer wieder, stundenlang, und als der Morgen graute, hatte er den Brief noch immer in der Hand. So wie ein Forscher einen Krankheitskeim unter dem Mikroskop studieren muss, um ihn zu besiegen, stellte er sich das Geschehen detailliert und bildhaft vor: das fahle Neonlicht im Jugendherbergszimmer mit dem schäbigen Linoleumboden, das furnierte Stockbett mit dem abgenutzten Leintuch. Auf dem Rücken Erika, die unter einem namenlosen Mann die nackten Beine spreizte. Keuchte, stöhnte, ihn umarmte und ihn in sich presste. Und wie sie dann eine halbe Stunde später in den Speisesaal hinunterging, um sich den nächsten namenlosen Mann zu holen.

Zwei Tage lang malte sich Daniel ohne Unterlass dieselbe Szene aus, so lebhaft, dass die Eifersucht ihn bis ins Mark vergiftete. Sie war der Preis dafür, dass er sich Erika auf diese Weise aus dem Herzen schnitt. Ein Berg? Ein Gipfel? Nein. Mit Erika war er nicht einmal bis zum Basislager vorgerückt.

Den Preis bezahlen mussten andere. Nach Erika kam Herta (oder Berta?) und auf Herta (Berta?) folgten Unzählige weitere, deren Namen ihm nach kurzer Zeit entfielen. Manchmal dauerte es eine Nacht, dann wieder eine Woche. Nicht dass seine Sehnsucht nach der großen Liebe tot war – jedes Mädchen, das er küsste und mit dem er schlief, entfachte sie aufs Neue –, doch sein Mangel an Vertrauen war stärker, seine Furcht vor einem neuerlichen Trauma größer als der alte Traum.

Wenn Daniel schon nicht glaubte, eine Frau mit seiner kläglichen Persönlichkeit an sich binden zu können, dann doch wenigstens mit seinen sexuellen Fähigkeiten. Geben war ihm seliger denn Nehmen, allerdings aus unseligen Gründen: Jeder leidenschaftliche Moment verlängerte die Gnadenfrist, der er, sobald er nur das winzigste Indiz für ihren Ablauf zu erkennen meinte, unverzüglich selbst ein Ende setzte. Das war seine Strategie, um weiteren seelischen Blessuren zu entgehen: Fortan war er es, der sich abwandte, auch wenn er anderen damit weh tat.

Freilich forderte auch diese destruktive Taktik ihren Preis: In Daniel machte sich ein nagendes, latentes Schuldbewusstsein breit, wie er es noch aus seiner Kindheit kannte. So wie seinerzeit der Mutter gegenüber wurde das schlechte Gewissen sein steter Begleiter.

Der Zeitungsausschnitt mit dem Foto Nadia Comănecis war natürlich nicht mehr da. Wahrscheinlich hatte Daniel ihn mit vierzehn oder fünfzehn als ein mögliches belastendes Beweisstück in den Müll geworfen; er konnte sich nicht mehr erinnern. Damals – und daran erinnerte er sich sehr wohl – hätte ihm nichts Blamableres geschehen können, als bei einem seiner Kellerausflüge ertappt zu werden. Dass sich eine Wichsvorlage auch als Andachtsbild verwenden ließ (und umgekehrt), entzog sich dem Verständnis der Erwachsenen. Das Wissen um die Einheit – oder wenigstens die potenzielle Einheit – geistiger und körperlicher Liebe zählte zu den bestgehüteten, weil allzu bald wieder vergessenen Geheimnissen der Pubertät.

Nachdem er aus dem Heizraum in den finsteren Gang zurückgekehrt war, wurde Daniel klar, dass er die in der Dunkelkammer aufbewahrten Gegenstände ohne Licht nicht würde sichten können. Seine einzige Beleuchtungsquelle war ein Wegwerffeuerzeug, vor allem gut dazu geeignet, sich die Finger zu verbrennen. Er beschloss daher, im Handschuhfach des Wagens nachzusehen; vielleicht würde er dort eine Taschenlampe finden.

1980 war ein turbulentes Jahr: Im Februar sagten die Kowalskis ihrem Haus am Weidlingbach Lebwohl, im Mai trat Daniel zur Matura an, die er mit leidlichem Erfolg bestand. Im Frühherbst absolvierte er die Aufnahmeprüfung an der Kunsthochschule und begann sein Studium. Bereits am zweiten Tag begegnete er Linda, die am Institut für Restaurierung einen Assistentenposten innehatte. Sie befreundeten sich miteinander, und nach einem Monat waren sie ein Liebespaar.

Die fast zehn Jahre ältere Linda setzte Daniels Strategie des vorbeugenden Rückzugs außer Kraft; sie war kein Mensch, von dem man sich als Achtzehnjähriger so einfach trennen konnte. Einnehmend und ausgelassen, ungeniert und selbstbewusst erinnerte sie Daniel an einen wolkenlosen Sommertag. Sie war erwachsen und erfahren, kein Mädchen, sondern eine Frau. Dass sie den anderen Studenten, Professoren und Assistenten mit der gleichen unbeschwerten Fröhlichkeit begegnete wie ihm, versetzte Daniel in einen Zustand dauernden Misstrauens. Es war ihm sowieso ein Rätsel, dass sie ausgerechnet ihn zu ihrem festen Freund erkoren hatte, gab es doch so viele andere Männer, die mit einem Vielfachen an Reife, Bildung und gesellschaftlichem Status ausgestattet waren. Wenn Linda – was nicht selten vorkam – mehrtägige Studienreisen mit Kollegen und Studenten unternahm, wuchs Daniels Eifersucht ins Grenzenlose. Wieder drängten die Gespenster aus dem gelben Nebel, die zerstörerischen Bilder, die seit Erika zur Grundausstattung seiner Phantasie gehörten.

Eines Abends trieb ihn diese Phantasie so weit, dass er beschloss, in die Wachau zu fahren, um Linda hinterherzuspionieren. Sie war mit ihrer Klasse aufgebrochen, um im Melker Stift drei Tage lang die Deckenfresken des Barockmalers Paul Troger zu studieren. Die Beziehung dauerte nun schon ein halbes Jahr, und Daniel besaß inzwischen einen Führerschein, wenn auch kein eigenes Auto. Hin und wieder lieh er sich den Volkswagen der Mutter aus, der aber just an diesem Abend wegen eines schadhaften Getriebes in der Werkstatt war. Es blieb daher nichts anderes übrig, als den Vater um den Schlüssel seines lindgrünen Peugeot zu bitten.

«Nur ein kleiner Ausflug …» Daniels Stimme klingt belegt. «Ich pass auch wirklich auf den Wagen auf. Nur zwei, drei Stunden; spätestens um Mitternacht bin ich zurück.»

Der Vater sieht ihn lange an. In seinem Blick liegt etwas, das sich schwer ergründen lässt. Verhaltene Besorgnis. Liebevolles Wohlwollen. Vielleicht auch ein leises Aufflackern persönlicher Erinnerungen.

«Gut, du kannst das Auto haben», sagt der Vater ruhig. «Ich will dir nur eine Bedingung stellen: Bevor ich dir den Schlüssel gebe, musst du zwei Minuten in den Spiegel schauen. Dann kannst du meinetwegen losfahren.»

Daniel fuhr nicht nach Melk. Ob er sich mehr vor seinem Vater schämte oder vor sich selbst, war eine hinfällige Frage. Beides war dasselbe. Mit nur einem Blick hatte der Vater in sein Inneres gesehen, und mit nur ein paar kurzen Worten hatte er den Feuersturm gelöscht, der darin tobte.

Nicht so leicht zu löschen war der Brandherd, diese unheilvolle Mischung aus Verlangen und Verletzlichkeit, aus Furcht und Sehnsucht. Wegen seiner chronischen Ängste auf Linda zu verzichten, wäre Daniel wie eine überstürzte Kapitulation erschienen, ähnlich dem vorauseilenden Selbstmord eines Hypochonders. Aber auch als Hypochonder konnte man tatsächlich schwer erkranken, und da war man wohlberaten, sich schon vorher mit den nötigen Medikamenten einzudecken. Schmerzmittel, in erster Linie.

Am nächsten Abend rauchte Daniel auf der Party eines Freundes zwei, drei Joints, trank überreichlich Alkohol und landete im Zustand fortgeschrittener Euphorie mit einer jungen Malereistudentin in der Badewanne. In der Badewanne wieder landete er in der jungen Malereistudentin. Und da blieb er bis zum Sonnenaufgang, warm, geborgen, gierig und enthemmt.

Das Schuldbewusstsein überkam ihn erst, als er am späten Nachmittag erwachte, und es ließ sich ohne große Gegenwehr mit einem neuerlichen Rausch betäuben (mochte Alkohol auch keine Lösung sein, ein Lösungs*mittel* war er allemal). Die Malereistudentin ging mit Daniel in ihre kleine Wohnung, wo die beiden miteinander – und mit drei Bouteillen Rotwein – eine weitere Nacht verbrachten.

Fortan pflegte Daniel die Tätigkeit des präventiven Fremdgehens, wann immer sich eine Gelegenheit dazu ergab. Und das, obwohl er sich, sobald er wieder in den Armen Lindas lag, so elend und erbärmlich fühlte, dass er seinem Lebenswandel jedes Mal aufs Neue abschwor. Er erzählte Linda nichts von seinen Seitensprüngen, hatte aber manchmal den Eindruck, dass sie davon ahnte. Diese Ahnung einer Ahnung machte ihn nun wieder so nervös – in Kenntnis seiner Eskapaden hätte Linda schließlich jedes Recht gehabt, es Daniel gleichzutun –, dass er sich abermals mit anderen Frauen einließ, um sein kleines Ego abzusichern: ein perfekter Teufelskreis.

Im Herbst des Jahres 1981 zog Daniel aus seinem Zimmer in der elterlichen Wohnung aus, um mit zwei Studienkollegen, Franz und Theo, eine Wohngemeinschaft in der Leopoldstadt zu gründen. In der abgenutzten, aber weiträumigen Wohnung, die nur eine Viertelstunde von der Hochschule entfernt war, warfen sich die drei ins pralle Leben, wie es österreichischen Studenten damals, vor der Ansteckung mit der bereits in England und Amerika grassierenden Epidemie des Marktradikalismus, noch weitgehend möglich war (die zweite große Seuche, die zu Beginn der Achtziger in Österreich Einzug hielt, war Aids; bis 1983, als der erste offizielle Krankheitsfall in Wien verzeichnet wurde, galt das später so bejubelte Kondom als primitiv und schmuddelig, ein Gegenstand, der allenfalls in einschlägigen Parks oder am Straßenstrich Verwendung fand).

Der aus dem Grenzland zwischen Kärnten und der Steiermark stammende Theo importierte regelmäßig Gras und selbstgebrannten Schnaps aus seiner Heimat, während Franz als Sohn eines Weinviertler Winzers dafür Sorge trug, dass immer ein paar Doppelliterflaschen Riesling, Chardonnay oder Veltliner im vereisten Kühlschrank lagen. Weitere Lebensmittel fanden sich nur selten, weil es keine Regelung der Haushaltspflichten gab, sodass sich jeder, was das Putzen oder Einkaufen betraf, vergeblich auf die beiden anderen verließ.

Das waren gute Zeiten, unbändige Zeiten, Zeiten voll der angeregten Diskussionen und berauschten Nächte, voll des Übermuts und voll des Lachens. Sie begossen ihre Jugend und sie feierten das Dasein, das zu keinem anderen Zweck gemacht schien, als sich hochleben zu lassen. Man studierte schließlich Kunst, und dazu zählte, darin waren sie sich einig, auch die Lebenskunst.

Nichts, dachte Daniel am Fuß der Kellertreppe, *ist so sehr für die gute alte Zeit verantwortlich wie ein schlechtes Gedächtnis*. Theo hatte diesen Satz von Anatole France eines Abends zitiert, und alle hatten jubelnd zugestimmt. Kein Wunder, ihre guten Zeiten waren damals eben noch nicht alt gewesen. Heute hielt sich Daniel eher an den Ausspruch Charlie Chaplins: *Die Jugend wäre eine schönere Zeit, wenn sie erst später im Leben käme.*

Jetzt zum Beispiel, dachte er im Stillen.

Zwei- oder dreimal wöchentlich fuhr er zu Linda, deren Wohnung im Südwesten Wiens mit der erst kürzlich ausgebauten U-Bahn komfortabel zu erreichen war. Die beiden kochten, tranken, sahen fern und schliefen miteinander. Aber trotz der bald zwei Jahre, die sie schon zusammen waren, und trotz der scheinbaren Beschaulichkeit ihrer Beziehung gloste nach wie vor das Misstrauen in Daniel. Es ließ genauso wenig nach wie seine stetige Bereitschaft, andere Frauen zu beschlafen. Linda war und blieb ihm heillos überlegen, viel zu überlegen, um sein Spiegelmensch zu sein. Mit zunehmender Dauer der Beziehung hatte sich sogar so etwas wie ein Mutter-Sohn-Verhältnis eingestellt, das teils auf dem markanten Altersunterschied, teils auf der Duldsamkeit beruhte, mit der Linda Daniels Exzesse hinnahm. In gewisser Weise gab sie ihm den Rückhalt, den er in der ödipalen Phase seiner Kindheit nie bekommen hatte. Und sie vögelte sogar mit ihm.

Zu seinen Eltern pflegte Daniel nur sporadischen Kontakt. Er glich seine Besuchsfrequenz jener von Georg an, der vor geraumer Zeit bei einer Freundin eingezogen war und sich nur höchstens alle vierzehn Tage in der Josefstädter Wohnung sehen ließ. Es waren meistens Samstagabende, an denen die Familie zusammenkam; dann saßen alle vier um den gewachsten Eichentisch, der aus dem Weidlingbacher Haus mit in die Josefstadt genommen worden war.

Der Vater lacht sein breites Lachen; wie ein Buddha sitzt er zwischen seinen Söhnen. Bier und Wein und Essen stehen auf dem Tisch, gefüllte Rindsrouladen, durch die offenen Fenster hört man eine Amsel singen, nur gedämpft das Rauschen des Verkehrs, die Häuserzeile gegenüber glimmt im Abendrot.

Warum beginnen Georg und die Mutter, sich zu streiten? Offensichtlich, weil sie keine andere Sprache kennen, die sie miteinander teilen. Der Streit ist ihr gemeinsamer Jargon, ihr einziger Berührungspunkt. Der Bruder trotzt, die Mutter klagt, der Vater spricht ein Machtwort und beginnt zu essen, Daniel denkt an das Mädchen, das am Vorabend in seinem Bett gestrandet ist, die Mutter unterbricht seine Gedanken mit dem Vorwurf, dass er viel zu selten zu Besuch kommt, Georg fällt, die Mutter nachäffend, in ihren Sermon ein, der Vater trinkt, die Mutter schweigt beleidigt, Daniel spürt einen harten Kloß im Bauch, der Vater steckt sich eine Zigarette an, die Falte zwischen seinen Augen gräbt sich tief und tiefer.

Diese in der Regel unerquicklichen Familienzusammenkünfte waren für Daniel der Wermutstropfen in der Dünung seiner jungen Freiheit (einer Freiheit freilich, die man nicht mit Unabhängigkeit verwechseln durfte; schließlich wurde sie vom Vater finanziert). Dem altbekannten mütterlichen Wechselbad aus kläglichem Begehr nach Zuwendung und schonungsloser Kränkung stand er nach wie vor genauso hilflos gegenüber wie der brüderlichen Intention, die Spannungen noch weiter zu verschärfen. Daher fühlte er sich nach den Josefstädter Samstagen so traurig und entkräftet, dass er jedes Mal den Vorsatz fasste, sich beim nächsten Treffen krankzumelden. Was er aber letztlich doch nicht tat, weil er das endgültige Auseinanderbrechen des familiären Räderwerks befürchtete, sobald man eines – und sei es auch nur das unbedeutendste – der Zahnrädchen entfernte.

1983 war das Jahr der weiten Reisen. Georg flog im Juni nach Amerika, wo er nach einer Rundfahrt durch die größeren Städte Kaliforniens für ein Semester an der Universität in San Diego inskribierte, und die Eltern starteten im selben Monat eine ausgedehnte Tour quer durch Europa (Amsterdam, Paris und Barcelona), um Geschäftskunden des Vaters zu besuchen. Linda fuhr zu Ferienbeginn nach Rom; sie wollte dort drei Wochen bei Verwandten wohnen und sich mit den Werken Michelangelos beschäftigen. Nur Daniel blieb in Österreich, obwohl auch er die Stadt verließ, um eine Fotoserie von Staudämmen und Industriegebieten anzufertigen, die er bei einer Ausstellung im Herbst zu präsentieren gedachte. Dass er diese schon seit einem Jahr geplante, aber immer wieder aufgeschobene Arbeit ausgerechnet jetzt in Angriff nahm, kam nicht von ungefähr: Im Mai noch hatte Linda ihn im Zuge eines schlimmen Streits zur Rechenschaft gezogen, weil sie nicht bereit war, seine Flatterhaftigkeit und seine Notlügen noch länger hinzunehmen. Trotz seines Versprechens, sich zu bessern (ein Versprechen, das sich mittlerweile wie ein Kratzer im Vinyl anhörte), hatte Linda sich von ihm getrennt, *vorläufig*, wie sie sagte, und das gab, im Gegensatz zum altbekannten *Lass-uns-Freunde-bleiben*, immerhin noch Hoffnung. Der Sommer ging für Daniel also mit dem Vorsatz einer radikalen Läuterung einher, einer Katharsis, die er nur mit strenger Selbstgeißelung zu erreichen glaubte. Bis zu Lindas Rückkehr aus Italien erlegte er sich deshalb neben absoluter sexueller Abstinenz die ernsthafte Beschäftigung mit seinem Studium auf.

An einem regnerischen Morgen setzte er sich in den Bus nach Ottenstein am Kamp, wo er zwei Tage lang das Kraftwerk und die Staumauer fotografierte, um sich anschließend ins Linzer Industrieviertel und endlich weiter in den Süden zu den Schloten, Lagerhäusern und Fabrikhallen des Grazer Beckens zu begeben. Ihm gefiel das Bild des einsamen Wolfs, der, mit Stativ und Kamera bewaffnet, schweigsam durch die unwirtliche Pampa streift. Im Gegensatz zum Bild behagte ihm das Leben dieses Wolfs weit weniger. Tatsächlich setzte ihm die Einsamkeit so zu, dass er sie schon nach einer Woche in die Grazer Innenstadt verfrachtete, um sie zur Schau zu stellen. Er zog allein durch die Lokale, saß mit einem Buch von Jean-Paul Sartre an der Bar und trank Pernod und Rotwein. Schon am zweiten Abend wurde er von einer Frau in seinem Alter angesprochen, die trotz ihrer Körpergröße – gut ein Meter achtzig – eine auffallende Ähnlichkeit mit Nadia Comăneci aufwies, so wie Daniel sie von seinem Weidlingbacher Zeitungsausschnitt in Erinnerung hatte. Schier unglaublich, dass das Mädchen, wie sich kurz darauf herausstellte, auch wirklich Nadja hieß. Von ihrer Physiognomie und ihrem Namen abgesehen war sie aber weder sportlich noch rumänisch, sondern eine Grazer Trafikantentochter, die in Wien Philosophie studierte und für eine Woche ihre Heimatstadt besuchte.

In der Morgendämmerung ging Daniel mit ihr in seine Absteige am Grazer Stadtrand, doch sobald sie sich unter der Decke aneinanderschmiegten und er ihren schlanken nackten Hintern an den Leisten spürte, rief er sich den vor der Abreise aus Wien gefassten Vorsatz in Erinnerung. Er war zwar brünstig und besoffen, aber dennoch fest entschlossen, sich zu ändern. Und so blieb es trotz gewisser Härten bei der Weichheit einer trunkenen Umarmung, die sich auch nicht löste, als die beiden schon in tiefen Schlaf gefallen waren.

Ende Juli kehrte Linda aus Italien heim, und tags darauf gab es ein Wiedersehen. Als Daniel verschämt und hoffnungsvoll verkündete, dass er ihr seit der

Trennung treu geblieben sei, erwiderte sie ruhig, sie habe sich in Rom mit einem jungen Maler auf ein kurzes und bedeutungsloses Abenteuer eingelassen, was sie angesichts der ungezählten früheren Affären Daniels für recht und billig halte.

Selbstverständlich war es recht und billig. Ganz im Gegensatz zu den Sekunden später wutentbrannt hervorgestoßenen, nein, furios hervorgebrüllten Worten Daniels, die man nur billig nennen konnte. Seine Tobsucht hatte etwas Nukleares, unfassbar Zerstörerisches; in Sekundenbruchteilen ebnete sie alles ein, was zwischen ihm und Linda je bestanden hatte.

Eine Woche lang ergab sich Daniel dem Chaos der Gefühle, die in einem fort zwischen den Steilküsten der Reue und den Klippen der Enttäuschung hin- und herwogten. Erst als die aufgewühlte See ein wenig ruhiger wurde, machte er klar Schiff, warf alles über Bord, was er für unnötigen Ballast hielt, und steuerte den nächsten Hafen an. Er fischte sein Notizbuch aus der Hosentasche, in dem Nadjas Nummer stand. Bereits am nächsten Abend führten sie zu Ende, was sie in der Grazer Absteige begonnen hatten.

Theo übersiedelte noch im August zu Freunden nach Berlin, um, wie er sagte, der provinziellen Spießigkeit der Wiener zu entfliehen, und Nadja, die bisher in einem billigen und ungemütlichen Studentenheim logiert hatte, nahm Daniels Angebot, das frei gewordene WG-Zimmer zu übernehmen, freudig an.

Sie zog an einem späten Sommertag zu Daniel und

Franz. In ihren Koffern steckte stumm und unsichtbar der Herbst.

Die Sonne stand schon tief, als Daniel zum Auto ging; allein im Heizungskeller hatte er gut eine Stunde zugebracht. Mit dreizehn war ich nie so lang da unten, dachte er und musste schmunzeln.

Taschenlampe fand er keine, aber dafür etwas anderes. Marion fuhr fast jede Woche auf den Friedhof, um die Gräber ihrer Großeltern zu pflegen, Gras zu gießen, Unkraut auszureißen, frische Blumen anzupflanzen und die abgebrannten Grablichter durch neue zu ersetzen. Und so stand, von Daniels Einkäufen verborgen, ein Karton mit roten Grabkerzen im Kofferraum.

Das Dach des Hauses trug jetzt einen goldenen Saum; im frühen Abendlicht sangen die Vögel. Es waren andere Vögel als in Daniels Kinderzeit, unbeschwert zwitschernde Nachkommen lange gestorbener Generationen.

Trotzdem, dachte Daniel, sie klingen noch wie damals.

Zäsur

Nadja war ein heiterer und wohlmeinender Mensch mit einem zarten Hang zur Soziopathie. Sie konnte andere zur Weißglut bringen, etwa wenn sie eine vollbesetzte Straßenbahn am Weiterfahren hinderte, indem sie auf das Trittbrett stieg, die Tür blockierte und den Fahrer dann in ein nicht enden wollendes Gespräch verwickelte, das mit der Frage nach der Endstation begann und über Anschlussmöglichkeiten, an der Strecke liegende Hotels und Postämter bis hin zu blumigen Exkursen über Obstsalat, Marokko, Fallschirmspringen oder Hundehaltung reichte. Ihren großen, unschuldigen Augen war es zu verdanken, dass das Kollektiv der aufgebrachten Passagiere nicht über sie herfiel, sondern seinen Zorn gegen den Fahrer richtete, der aber seinerseits kein Mittel fand, um Nadjas Redefluss zu stoppen. Erst nach einer unerträglich langen Weile schenkte sie dem armen Mann ein Lächeln, dankte für das reizende Gespräch und gab, indem sie wieder auf die Straße trat, die Klapptüren frei. Man wusste nie, ob hinter diesen harmlosen anarchischen Aktionen Absicht steckte, eine Lust am Bruch mit Konventionen, oder ob sie wirklich nur auf die Naivität zurückzuführen waren, die aus Nadjas Blicken sprach.

Was Daniel betraf, so fand er ihre seltsamen Marotten liebenswert. Er teilte ihren Sinn für das Absurde ebenso wie ihren Sinn für körperliche Zärtlichkeit. Im Sex und im Humor lag er mit ihr auf einer Wellenlänge.

Dass sie manchmal spontan auf Reisen ging, um ihre vielen über Österreich verstreuten Freunde und Verwandten zu besuchen, machte Daniel zwar nervös, doch Nadja lud ihn stets aufs Neue herzlich ein, sie zu begleiten, was ihn, auch wenn er aus irgendeinem Grund nicht mitfahren konnte, weitgehend beruhigte. Weitgehend, aber nicht vollständig: Gerade diese Herzlichkeit war nämlich etwas, das ihn irritierte, weil sie von der Freundlichkeit, die Nadja jedermann entgegenbrachte, nicht zu unterscheiden war. Von seinem Spiegelmenschen hätte er sich eine exklusivere Behandlung erwartet, ein romantisch sich verzehrendes und theatralisch schmachtendes Gebaren, das sich einzig und allein auf ihn beschränkte und den Rest des Universums ausschloss.

Seine kindlichen, vom Bild der Turnerin Nadia angefachten Träume konnte die Studentin Nadja also nicht erfüllen. Trotz allem funktionierte das Verhältnis, und vielleicht, so dachte Daniel, würden sie eines Tages auf dem Gipfel ihres Berges stehen und sich staunend fragen, wie um alles in der Welt sie da heraufgekommen waren.

Das Weihnachtsfest verbrachte Daniel zu dritt mit seinen Eltern in der Josefstädter Wohnung. Nadja war nach Graz gefahren, und Georg hatte seinem halben Studienjahr in San Diego einen weiteren Monat in Los Angeles angehängt; er plante erst im Jänner wieder heimzukehren.

Es wurde, Daniels Befürchtungen zum Trotz, ein recht entspannter Abend. Irgendwann zu vorgerückter Stunde kam der Vater auf den fünften März zu sprechen, Daniels zweiundzwanzigsten Geburtstag, der auf einen Montag fallen würde. Diesen Montag, unterbrach die Mutter, könne man als unbedeutendes Familienmitglied ohnehin vergessen, weil ihn Daniel ja sicherlich mit dieser rothaarigen Frau verbringen werde, dieser Linda, oder nein, wie hieß die Neue, nun, egal, die würde dann wohl auch schon nicht mehr aktuell sein, wozu also sich die Namen merken, jedenfalls mit irgendeiner seiner, ja, wie sollte man sie eigentlich bezeichnen, seine ständig wechselnden …

Der Vater trank sein Bier und ließ die Mutter ausreden. Dann sagte er zu Daniel: «Die Frage ist, ob du am Wochenende vor dem Montag Zeit für einen kleinen Ausflug hättest.»

Daniel zögerte.

«Ich muss im nächsten Jahr geschäftlich nach Venedig», sprach der Vater weiter, «und da dachte ich, wir könnten das gemeinsam machen. Nur wir beide. Falls du willst.»

Mit Georg, so erinnerte sich Daniel, hatte der Vater letztes Jahr im Juni auch so eine Reise unternommen, drei Tage Berlin, und Georg hatte nach der Heimkehr wochenlang davon geschwärmt, dass sie beinahe in die Schlacht am Nollendorfplatz geraten wären, die dort anlässlich des Staatsbesuchs von Ronald Reagan zwischen der Berliner Polizei und autonomen Jugendgruppen stattgefunden hatte. Dabei übertraf sich Georg selbst mit zusehends dramatischen Versionen des Erlebten. Anfangs war er mit dem Vater über den Kurfürstendamm spaziert und hatte aus der Ferne den Radau gehört, beim zweiten Mal schon war ihnen der Widerschein der aus den umgestürzten Einsatzfahrzeugen emporlodernden Flammen aufgefallen, beim dritten schließlich waren ihnen Steine und Molotowcocktails um die Ohren geflogen.

Auszubaden hatte diese Übertreibungen der Vater. Selbstverständlich machte ihm die Mutter schwere Vorwürfe für seinen vermeintlichen Leichtsinn. *Gerade in Berlin, zwischen gewaltbereiten Nazis und gewaltbereiten Kommunisten!* Doch der Vater war ganz ruhig geblieben. Statt die Ammenmärchen zu berichtigen, hatte er die Angelegenheit mit einem Achselzucken abgetan. «Ich mag ihn auch nicht, diesen Reagan», hatte er gesagt.

«Da unten in Venedig können wir uns höchstens nasse Füße holen», schmunzelte er jetzt der Mutter zu.

Am ersten März des Jahres 1984 stiegen Daniel und sein Vater in den Nachtzug Richtung Süden. Während sie ihr Schlafabteil bezogen, wurde Daniel bewusst, dass er mit seinem Vater schon seit Jahren nicht mehr allein gewesen war, seit jenen stillen Stunden in der Weidlingbacher Kellerstube nämlich, ja, dass er mit seinem Vater überhaupt noch nie so lang allein gewesen war – drei Tage und vier Nächte! –, und so mischte sich in seine Vorfreude auch eine unterschwellige Beklemmung, eine Sorge, nicht das Maß an Nähe herstellen zu können, das der Vater von drei Tagen Zweisamkeit erwarten durfte.

Was ihn aber noch viel mehr belastete, war ein akuter Streit mit Nadja, eine Differenz, zu der es kurz vor seiner Abreise gekommen war. Entzündet hatte sich der Streit an seinem Mitbewohner Franz, der sich im Februar ein Motorrad gekauft und Daniel eingeladen hatte, ihn auf eine Tour nach München zu begleiten. Leider hatte Franz den Ausflug just für dieses Wochenende eingeplant, und Daniel musste absagen. An diesem Punkt jedoch hatte sich Nadja ins Gespräch gemischt; sie hatte Franz gefragt, ob sie an Daniels Stelle mit ihm kommen dürfe. «Sicher», hatte Franz gegrinst, «dann machen eben wir uns ein paar coole Tage.»

Daniel war mehr als vor den Kopf gestoßen. Klar, dass Nadja sich seit ihrem Einzug in die Wohngemeinschaft auch mit Franz das Klo, das Badezimmer und die Küche teilte, aber eine mehrtägige Spritztour inklusive Fahrtwind in den Haaren und einem – sparsamkeitsbedingt – gemeinsamen Hotelzimmer war etwas völlig anderes. Obwohl er Franz als Freund betrachtete, war Daniel nicht wirklich überzeugt davon, dass diese Freundschaft weit genug ging, Nadja von der Bettkante zu weisen.

Trotzdem hatte er, solange sie zu dritt am Tisch saßen, geschwiegen; sich zu echauffieren, wäre alles andere als *cool* gewesen. Erst danach, als Nadja ihn mit großen Augen angesehen und auf seine missmutige Miene angesprochen hatte, war der Zorn aus ihm herausgebrochen. Nein, er war nicht cool. Er hatte auch kein Motorrad (Die Mutter hatte ihm von klein auf eingetrichtert, dass sich nur Idioten und verkappte Selbstmörder mit Motorrädern fortbewegten. Wäre *er* mit Franz nach München aufgebrochen, hätte er der Mutter nie auch nur ein Sterbenswort davon erzählt). Er war nicht cool, er war nur Daniel Kowalski, der im Zug mit seinem Vater nach Venedig gondeln würde, während seine Freundin und sein Freund die Landstraße entlangbrausten und sich mit Bier betranken und sich weiß Gott wie die Nächte um die Ohren schlugen.

Nadja hatte Daniels Unmut mit erstauntem Kopfschütteln quittiert und festgestellt, sie halte es für kleinlich, einem anderen etwas zu missgönnen, nur weil man es selbst nicht haben könne. Worauf Daniel noch zorniger geworden und zwei Stunden früher als geplant zum Bahnhof aufgebrochen war.

Mit zwei von Marions Kerzen und mit einer Flasche Weißwein kehrte Daniel zum Haus zurück. Er ging gebeugt, in sich gekehrt, versunken im Gedenken an den März des Jahres 1984. Die Erinnerungen ließen sich jetzt nicht mehr bändigen, sie bahnten sich mit aller Kraft den Weg in sein Bewusstsein.

Kurz nach ihrer Ankunft in Venedig stellte sich heraus, dass der Geschäftstermin des Vaters nicht zustandekommen würde, weil sein Kunde, ein Beauftragter der Biblioteca Marciana, sich am Tag zuvor das Bein gebrochen hatte. Statt sich also für den Vormittag zu trennen, machten sich die beiden gleich auf einen ersten Rundgang, der sie zu den obligaten Sehenswürdigkeiten – Seufzerbrücke, Markusplatz, Rialtobrücke – führte. Wie gewissenhafte Kinder, die erst dann zum Spielplatz laufen, wenn sie mit den Schularbeiten fertig sind, erfüllten sie ihre touristischen Verpflichtungen, bevor sie sich den unbekannteren, bescheideneren Teilen Venedigs zuwandten, den Winkeln, die nicht nur vom selbstgerechten Prunk der Herrschenden geprägt waren, sondern auch vom Leben der Beherrschten, von den stillen, kleinen und alltäglichen Geschichten hinter der bombastischen Geschichte dieser Stadt.

Dass ihm der ungeklärte Streit mit Nadja auf der Seele lastete, ließ Daniel dem Vater gegenüber unerwähnt. Wie hätte er sich ihm auch anvertrauen können, ohne gleichzeitig den Eindruck zu erwecken, er sei nur aus Rücksicht oder Pflichtgefühl auf diese Reise mitgekommen, wäre aber eigentlich viel lieber Richtung München aufgebrochen? Schlimm genug, dass er, der sich seit Weihnachten auf dieses Wochenende freute, nun ein Stück von sich in Wien zurückließ. Mochte er sich noch so sehr darum bemühen, die Tage nicht nur körperlich, sondern auch geistig an der Seite seines Vaters zu verbringen: Die Gedanken schweiften immer wieder ab. Ein dünner grauer Schleier schob sich zwischen ihn und das Erlebte, dämpfte Worte und Geräusche. Die Konturen der Lagunenstadt verblassten im diffusen Halblicht einer Sonne, die wie hinter Wachspapier am Himmel hing.

Am Nachmittag besuchten sie die Gegend rund ums Arsenal, die, wie der Vater zu berichten wusste, früher gut zehntausend Handwerkern und Werftarbeitern Unterschlupf geboten hatte. Jetzt lagen die engen Gassen menschenleer; die Häuser wirkten ausgestorben, trotz der bunt behängten Wäscheleinen zwischen den Fassaden. Daniel schoss ein paar Fotos, ehe sie sich wieder auf den Rückweg in den Stadtteil Dorsoduro machten, wo sich unweit des gewaltigen Kanals Giudecca ihr Hotel befand. Am Abend tranken sie in einer Vinothek gleich vis-à-vis der Kirche San Trovaso einen sogenannten *Sprizz*, ein Mischgetränk aus Weißwein, Mineralwasser und Aperol, und suchten sich dann im Gewirr der Gassen, Brücken und Kanäle eine Trattoria, um das Nachtmahl einzunehmen.

Die Gespräche jenes ersten Abends blieben ohne

großen Tiefgang. Daniel erzählte von der Hochschule, der Vater hörte zu und fragte hin und wieder nach, wobei sich seine Neugier dankenswerterweise weniger auf Daniels konkrete Lernfortschritte richtete als auf die allgemeinen Ziele, die er irgendwann erreichen wollte.

Das Hotel ist klein, aber gemütlich: schummrige Beleuchtung, schwere alte Möbel, dicke Perserteppiche in der verwinkelten Empfangshalle. Der Vater steigt vor Daniel die Treppe in den ersten Stock hinauf, bis sich vor einem großen, goldverzierten Spiegel ihre Wege trennen.

«Gute Nacht», sagt Daniel, «schlaf gut.»

«Ja, das werde ich. Und du hoffentlich auch.» Der Vater, im Begriff, sich seinem Zimmer zuzuwenden, hält noch einmal inne und stellt eine letzte, scheinbar beiläufige Frage: «Sag, wie geht es Nadja?»

«Gut», gibt Daniel zurück. «Ich nehme es zumindest an.»

«Und dir? Wie geht es dir mit Nadja?»

Daniel zuckt mit den Schultern. «Eigentlich ganz gut. Nur gestern haben wir ... na, so etwas wie einen kleinen Streit gehabt.»

«Das tut mir leid. Doch hoffentlich nicht wegen diesem Wochenende?»

Daniel zuckt wieder mit den Schultern, und der Vater mustert ihn mit einem hintergründig-amüsierten Blick. «Sie soll sich keine Sorgen machen», meint er. «Schließlich tust du hier nichts Schlimmes, nichts, was eure Zweisamkeit gefährden könnte. Und falls doch …»

«Falls doch?», fragt Daniel heiser.

«Na, dann bist du vielleicht nicht der Richtige für sie.»

Der Samstag führte sie nach Norden, ins Sestiere Cannaregio, dessen Herz die kleine Insel bildete, auf der im ausgehenden 16. Jahrhundert das jüdische Ghetto errichtet worden war. Sie saßen auf dem Campo del Ghetto Nuovo und betrachteten die Wohnhäuser, die – anders als die Häuser anderer Viertel – bis zu sieben Stockwerke besaßen, weil das abgezirkelte und bis ins 18. Jahrhundert nachts auch abgeriegelte Terrain den Einwohnern sonst nicht genügend Platz geboten hätte: Wiederholte Flüchtlingswellen aus ganz Südeuropa hatten die Bevölkerungszahl in kurzer Zeit vervielfacht.

«Angespuckt, gefoltert und ermordet, durch die Welt gejagt und wie das Schlachtvieh eingepfercht», murmelte Daniel. «Warum?»

«Weil es den meisten Menschen leichterfällt, das Fremde zu vernichten, als es zu verstehen», erwiderte der Vater. «Allerdings muss man gerechterweise sagen, dass die Juden in Venedig damals weniger zu leiden hatten als an vielen anderen Orten. Und dass ihnen die Umgrenzung ihres Wohngebiets durchaus willkommen war.»

«Weil sie sich hinter Schloss und Riegel sicherer gefühlt haben?»

«Auch das. In erster Linie aber, weil es so viel leichter war, die religiösen Vorschriften mit ihrem Alltagsleben zu vereinbaren: Manche Tätigkeiten beispielsweise sind am Sabbat nur im eigenen Heim gestattet, unter anderem das Tragen, Schieben oder Ziehen von Gegenständen. Also haben die Bewohner eines sogenannten *Eruv*, eines abgegrenzten Areals, das Brot miteinander geteilt und damit das ganze Gebiet zum gemeinsamen eigenen Heim erklärt. Die orthodoxen Juden tun das übrigens auch heute noch, sonst dürften sie am Sabbat ihre Babys nicht im Kinderwagen in die Synagoge schieben.»

«Oder einen Schirm aufspannen, wenn es regnet», sagte Daniel.

Der Vater wiegte den Kopf. «Du wirst jetzt lachen, aber das dürfen sie trotzdem nicht. Gemäß der *Halacha*, dem Regelwerk des Talmud, gelten Regenschirme als Gebäude, weil sie ja gewissermaßen kleine Zelte sind, und das Errichten von Gebäuden ist am Sabbat grundsätzlich verboten.»

Dass dem Vater die Geschichte und die Lehren des Judentums so gut vertraut waren, hatte Daniel als von Geburt an da gewesene Gegebenheit genommen, ohne auch nur ein Mal nach dem Grund dafür zu fragen. Jetzt, im Ghetto von Venedig, schien es ihm mit einem Mal verblüffend: Paul Kowalski, Sohn eines der größten Nazi-Kriegsverbrecher, derer

Österreich sich schämen durfte, war ein regelrechter Talmudist.

«Sag, warum weißt du eigentlich so viel über die Juden?»

«Weil …», der Vater zieht die Augenbrauen hoch, als sei die Antwort völlig selbstverständlich, «weil ihr welche seid, eure Mutter, dein Bruder und du.»

«Und dein Kompagnon», sagt Daniel.

«Genau. Man wird sich doch noch informieren dürfen über seine Leute», grinst der Vater schelmisch. «Abgesehen davon, dass es mich schon immer interessiert hat, was die Menschen auf der Welt so glauben, und vor allem, *wie* sie es so glauben. Einer nimmt den Hut ab, wenn er in den Tempel geht, der andere setzt extra einen auf. Die einen heiligen den Wein, bei wieder anderen ist der Alkohol verboten. Und das alles nur, weil sie der Meinung sind, es gebe etwas Größeres als Fressen, Scheißen, Kopulieren und Geldverdienen, etwas, das das nackte Dasein erst zum Leben macht.»

«Das sie sich dann aus lauter Glaubenseifer gegenseitig nehmen», wirft Daniel ein.

«Schon möglich. Aber meistens geht es dieser Art von Mördern eben doch um Macht und Geld.»

«Wie deinem Vater?» Daniel beißt sich auf die Zunge, kaum dass er die Worte ausgesprochen hat. Zu spät, sie sind gesagt, jetzt kann er nur noch hoffen, dass er keine Wunden aufgerissen hat, die für ihn selbst, den Zweiundzwanzigjährigen, nur Randnotizen auf den Seiten eines ungelesenen Geschichtsbuchs sind. Ein paar Sekunden lang herrscht Schweigen. Hinter einer Fensterscheibe lässt sich eine flüchtige Bewegung ausmachen: Durch einen Spalt in den Gardinen starrt eine verrunzelte und weißhaarige Frau herab.

«Ich denke, schon», sagt jetzt der Vater mit belegter Stimme. «Jedenfalls zum Teil. Es gibt da etwas, das ich nie so recht verstanden hab ... Weißt du, bei uns zu Hause war er alles andere als ein Gewaltmensch. So etwas wie Zärtlichkeit war freilich nie ein Thema, er war kalt und unzugänglich, aber trotzdem niemals grob oder sadistisch. Nach dem Krieg, als er dann im Gefängnis war – ich muss so acht, neun Jahre alt gewesen sein –, da hab ich dann etwas gefunden. Eine Schachtel, gut versteckt in einem Fach hinter den Büchern im Regal. Es waren Unmengen Fotos in der Schachtel, hundert oder mehr, die er mit seiner Leica selber aufgenommen hat. Die meisten waren datiert: *März 1938*; eine unnötige Zeitangabe, weil die Bilder ohnehin für sich gesprochen haben. *Reibpartien*, hast du den Ausdruck schon einmal gehört?»

«Ich glaube, schon», sagt Daniel. «Das waren doch die Juden, die die Straßen waschen mussten?»

«Richtig. Direkt nach dem Anschluss ist mein Vater offenbar nach Wien gefahren, um beim triumphalen Einzug Hitlers mit dabei zu sein. Wahrscheinlich ist er durch die Stadt flaniert, mit dem Parteiabzeichen am Revers, und hat sich hier und da ein Bier gegönnt.

Und später hat er sich dann auf die Jagd gemacht, mit seinem Fotoapparat. In dem Karton war nicht ein einziges Bild vom Heldenplatz, verstehst du? Keine Aufnahme von Hitlers Rede, keine von den Hunderttausenden, die ihn bejubelt haben, keine von den Fahnenwäldern auf der Ringstraße. Nur diese Frauen und Männer, die in ganz normaler Alltagskleidung auf dem Pflaster knien, mit fassungslosen Mienen. Eben noch hat man als Mensch das Haus verlassen, und Sekunden später ist man nur noch Ungeziefer in der Gosse, schikaniert, entwürdigt und misshandelt von den eigenen Nachbarn – Leute, die einem vielleicht noch gestern im Vorbeigehen einen schönen Tag gewünscht haben. Die jeweiligen Nachbarn hat man auf den Bildern auch gesehen, sie haben ja einen Kreis gebildet um die Reibpartien, nicht nur, um sie an der Flucht zu hindern, sondern auch, damit sie möglichst nahe am Geschehen sind. Die Kleinen durften ganz nach vorn, man war ja schließlich kinderlieb.»

Der Vater schluckt. Über dem Nasenrücken gräbt sich seine schwarze Sorgenfalte in die Haut.

«Es gab auch ein paar Fotos, die ihn selber zeigten, wie einen Touristen vor dem Stephansdom, der irgendwem die Kamera in die Hand drückt und ihn bittet, ein Erinnerungsbild zu schießen. Nur dass hinter seinem selbstherrlichen Grinsen nicht der Stephansdom zu sehen war, sondern die gedemütigten Juden.»

«Gibt es diese Fotos noch?»

Der Vater schüttelt nachdenklich den Kopf. «Ich

habe sie verbrannt. Zuerst bin ich aufs Klo gegangen, weil ich kotzen musste, und danach hab ich die ganze Schachtel im Kamin verbrannt. Natürlich hat mein Vater später noch viel Schlimmeres getan, das war mir schon bewusst, nur schien es dabei, wie gesagt, um Macht und Geld zu gehen, um einen mörderischen, unbarmherzigen Opportunismus, der uns Kindern als Opferbereitschaft verkauft wurde, als Dienst am Deutschen Reich und unserer Familie. Aber diese Schachtel … Manchmal denke ich, in dieser Schachtel war sein wahres Wesen, etwas, das viel stärker war als jegliche Berechnung. Sonst hätte er die Fotos nämlich selbst verbrannt, sobald die Alliierten einmarschierten. Wenn man sie gefunden hätte, hätten sie ihn Kopf und Kragen kosten können.»

«Warum, glaubst du, hat er sie dann aufgehoben?»

«Möglich, dass sie ihn erregt haben. Als würde er sich Pornobilder anschauen. Vielleicht hat er sie von Zeit zu Zeit zur Hand genommen und … Ich weiß es nicht. Ich habe keine Ahnung, nicht einmal den Hauch einer Vermutung. Trotzdem würde ich es gern verstehen.»

«Wie man so sein kann?»

«Eigentlich, wie man so werden kann», murmelt der Vater. «Oder, um es anders auszudrücken: Ob das auch in *mir* steckt, ob ich selbst in einer anderen Zeit und unter anderen Umständen auch so geworden wäre.»

«Wärst du nicht.»

«Wer weiß? Ich lebe seit fast vierzig Jahren in Frieden, du seit über zwanzig. Welche Bestien – oder Engel – in uns schlummern, hat sich nie gezeigt. Wir sind im besten Fall Chronisten, die behaupten, aus den Fehlern der Vergangenheit gelernt zu haben. Aber sind wir wirklich bessere Menschen, nur weil uns die Zeit, in der wir leben, besser *aussehen* lässt?»

«Wir haben Glück.»

«Wir haben Glück.» Der Vater nickt. «Wir haben Glück und Autos, Tiefkühltruhen und Fernsehapparate.»

Als sie den Campo del Ghetto Nuovo verließen, kam ihnen ein junges Paar entgegen: er in blau-weißen Karottenhosen, sie in engen Leggins. Automatisch drehte Daniel sich im Gehen nach dem Hinterteil des Mädchens um und hob, als ihm sein voyeuristischer Reflex bewusst wurde, den Kopf, wie um den Häusern auf dem Platz noch einen letzten Blick schenken zu wollen. Durch die Gardinen starrte nach wie vor das runzlige Gesicht der alten Frau.

Nachdem sie sich in einer Bar mit Tramezzini und Kaffee gestärkt hatten, bestiegen sie ein Vaporetto und fuhren über die Lagune. An der Reling ließ der Fahrtwind ihre Haare tanzen; vom Maschinenlärm verstärkt, verhinderte sein Rauschen jeglichen Versuch eines Gesprächs. Stattdessen kreisten Daniels Gedanken einmal mehr um Nadja. Irgendwann im Lauf des Vortags musste sie mit Franz in München angekommen sein. Wie hatte sie die Nacht verbracht? Was tat sie jetzt, in diesem Augenblick? Was würde ihn erwarten, wenn er heimkam? Eine Atmosphäre der Betretenheit, die für sich selber sprechen würde? Oder, schlimmer, eine aufgesetzte Heiterkeit, potemkinsch ausgerollt wie Rasenbahnen auf verbrannter Erde? Wäre ich mit Nadja statt mit meinem Vater hergekommen, dachte Daniel, wäre alles gut.

Er hasste sich für diese Überlegung.

Sie passierten die mit einer Mauer eingesäumte, rechteckige Friedhofsinsel San Michele, ließen das touristenschwangere Murano hinter sich und fuhren weiter nach Nordosten. Auch Burano, wohlbekannt für seine farbenfrohen Fischerhäuser, ließen sie vorüberziehen. Erst an der letzten Haltestelle gingen sie von Bord: Torcello, flach und öde, ein verwildertes, vergessenes Stückchen Land, an dessen Ende sich ein hoher Glockenturm zum Himmel reckte. Hier, so ließ der Vater Daniel wissen, habe der Aufstieg Venedigs zur Großmacht begonnen, denn Torcello sei mit zwanzigtausend Einwohnern bedeutender und mächtiger gewesen als Venedig selbst. Vor weniger als tausend Jahren aber sei der ganze Norden der Lagune zusehends versumpft, sodass die Leute in den Süden, eben nach Venedig, übersiedelten. Baumaterial war Mangelware, und so transportierten sie nicht nur den Hausrat auf die neue Insel, sondern – Stück für Stück – auch gleich die Häuser, die sie vorher abgetragen hatten.

«Und sie haben sie genauso wiederaufgebaut?»

«Das kann ich mir kaum vorstellen. Vielleicht war es für die Häuser so etwas wie … eine kollektive Seelenwanderung.» Der Vater lachte auf. «Das Wesen von Torcello neu geboren im Körper von Venedig.»

An einem mit Büschen und Unkraut gesäumten Kanal gingen sie auf den Campanile zu, und Daniel kam das Gespräch von vorher in den Sinn. Der Vater redete nicht oft über sein Elternhaus; besonders was den Großvater betraf, waren ihm nur selten mehr als ein paar Worte zu entlocken. Vom Leben des Johann Kowalski hatte Daniel im Lauf der Zeit zwar einiges erfahren, doch kaum etwas von seinem Tod. Es hatte immer nur geheißen, dass der Alte, dessen zweite Frau, die stille Gertrud, in den ausgehenden Fünfzigern das Zeitliche gesegnet hatte, 1960 umgekommen sei: Trotz seiner fortgeschrittenen Jahre habe er an einer Bergtour teilgenommen und sei irgendwo in den Tiroler Alpen abgestürzt.

Obwohl er plötzlich fröstelte, stieg Daniel wieder in den Keller. Im Verbindungsgang zog er den Windschutz von den Kerzen, zündete sie an und stellte sie auf einen Mauervorsprung gegenüber der verschlossenen Dunkelkammertür.

«Sag, was ist damals eigentlich passiert?» So kryptisch Daniels Frage klingen muss – als Folge seiner stummen Überlegungen kommt sie wie aus dem Nichts –, so anstandslos und selbstverständlich gibt der Vater Antwort. Ein bemerkenswerter Fall von Gleichklang der Gedanken.

«Viel kann ich dir nicht erzählen. Es war im Frühherbst, kurz bevor dein Bruder auf die Welt gekommen ist. Dein Großvater ist mit zwei alten Kameraden in die Hohen Tauern aufgebrochen. Nicht, dass er ein eingefleischter Gipfelstürmer war, aber die Alpen sind in seinen Kreisen immer schon so etwas wie ein Wallfahrtsort gewesen, quasi eine Landschaftsformation mit lupenreinem Ariernachweis. Mit dem Auto sind die drei zur Venedigergruppe gefahren …»

«*Venediger?*», fragt Daniel.

«Ja, seltsam irgendwie, dass sich gerade alles um Venedig dreht. Na, jedenfalls sind sie am Nachmittag zu einer Hütte aufgestiegen, die knapp unterhalb der Eisgrenze am Berghang liegt, und haben dort übernachtet, mit dem Plan, am nächsten Tag die Gletscherlandschaft zu genießen, Bier zu trinken und nach einer weiteren Nacht zurückzufahren. Zum Frühstück ist aber dein Großvater nicht aufgetaucht. Die anderen haben geglaubt, er schläft noch, bis der Hüttenwirt gesagt hat, nein, er sei schon in den frühen Morgenstunden aufgebrochen, voller Tatendrang, und Richtung Rainerhorn marschiert – der Berg ist immerhin dreieinhalbtausend Meter hoch und rundherum vergletschert, also nichts für den Alleingang eines alten Mannes, auch bei noch so schönem Wetter. Angeblich hat ihn der Wirt auch noch gewarnt, er wollte sich aber partout nichts sagen lassen. Das ist alles, was ich weiß; man hat nie wieder was von ihm gesehen oder gehört. So viel zum letzten Fehltritt meines Vaters.»

«Wie hast du davon erfahren?»

«Telefonisch. Helga hat mich angerufen. Mir war gleich klar, dass etwas geschehen sein muss, weil … also, weil sich mein Kontakt mit Helga, Heinz und Herrmann auf das Nötigste beschränkt hat.»

«Und warum?»

«Man muss kein Nazi sein, um die Juden nicht zu mögen.»

«Wie bitte?»

«Du hast schon recht gehört: *Man muss kein Nazi sein, um die Juden nicht zu mögen.* Ein Zitat von Herrmann, als mich unser Vater wegen deiner Mutter offiziell enterbt hat. Das war Anfang Sommer 1959. Heinz und Helga haben damals ähnlich reagiert: *Mach dir nichts draus, du heiratest jetzt sowieso den Mammon,* hat der Heinz gesagt. Und Helga: *Überleg dir, ob du dich ins Unglück stürzen willst, nur um dich von uns abzugrenzen.* Arme Helga, solche Sorgen hat sie sich um mich gemacht, die große Schwester.»

«Deshalb also. Deshalb bist du nie mit uns nach Ried gefahren.»

Der Vater nickt. «Und deshalb frage ich mich auch, was sie mit einem macht, die Zeit, in der man lebt. Ob das, was wir für unseren Charakter halten, tatsächlich nur eine Mode ist, die uns der jeweilige Zeitgeist auf die Seele schneidert – ein Charakter von der Stange sozusagen. Meine drei Geschwister sind nur ein Jahrzehnt vor mir geboren worden. Gleiche Eltern, gleiche Gene, gleicher Ort, und nur zehn Jahre Altersunterschied. Trotz allem hat man das Gefühl, man ist von einem anderen Stern.»

Schon wieder dieses Thema. Daniel mag die philosophischen Gedankenspiele seines Vaters, aber im Moment bewegt ihn etwas anderes: die Worte seiner Tante Helga nämlich, die in seinem Inneren etwas zum Schwingen bringen. *Überleg dir, ob du dich ins Unglück stürzen willst, nur um dich von uns abzugrenzen,* klingt es in ihm nach.

«Sag, Papa ...» Er hält inne. Es ist lange her, dass er den Vater so genannt hat, gut neun Jahre. Damals haben er und Georg die Distanz gesucht, vor allem die Distanz zur Mutter, und sie haben sich in seltener Einigkeit gesträubt, sie weiterhin mit *Mama* anzureden. Also mussten sie sich um des familiären Friedens willen auch vom liebevollen *Papa* trennen und zum kühlen *Vater* übergehen.

«Ja?» Der Vater sieht ihn fragend an.

«Was deine Schwester da gesagt hat ... Steckt da eigentlich ein Körnchen Wahrheit drin? Ich meine, dass du das getan hast, um dich von deiner Verwandtschaft abzugrenzen? Um die ganze alte Nazischeiße hinter dir zu lassen?»

«Dass ich was getan hab?»

«Na ... Die Mutter heiraten.»

Die Worte sind noch nicht verhallt, da bleibt der

Vater stehen. Nicht brüsk und streitbar wie ein Tennisspieler, der sich vor dem Netz postiert, um einen Flugball abzuschmettern, sondern grübelnd wie ein Wanderer, der nach seinem inneren Kompass sucht. Er starrt, von Daniel abgewandt, ins Wasser des Kanals. Nach endlosen Sekunden erst hebt er den Kopf und sagt: «Sie hat doch keinen gelben Judenstern getragen, deine Mutter, als wir uns zum ersten Mal begegnet sind. Sie war ein junges Mädchen, einfach nur ein junges Mädchen, und wir haben uns verliebt. Dass man nicht jemand, sondern *gegen* jemand heiratet – wie kommst du eigentlich auf die Idee?»

«Ich weiß nicht … Weil ihr so verschieden seid?»

«Natürlich sind wir das. Zum Glück. Sonst würde es euch zwei nicht geben, dich und deinen Bruder. Und ihr seid uns, finde ich, ganz gut gelungen.»

«Danke.»

«Nein, ich bin es, der zu danken hat.» Und dann, im Weitergehen, sagt er es noch einmal, behutsam wie ein Kupferstecher ritzt er seine Worte in die Luft: «Ich bin es, der zu danken hat.»

Er war mit seinem Vater noch bis zur Basilika gewandert, deren Glockenturm sie von der Schiffsstation aus angesteuert hatten. Santa Maria Assunta: ein frühromanisches Kirchengebäude, wuchtig, aber von bescheidener Eleganz, das Mittelschiff ein hoher, lichter Saal aus Holz und Stein. Man ging auf kleinteiligen Mosaiken, die an manchen Stellen so abgetreten waren, dass man, wenn man sich nicht vorsah, aus dem Gleichgewicht geriet. Dann drohte man zu straucheln, über Spuren, die ein Jahrtausend Menschheit hinterlassen hatte.

Abends hatten sie in einer Trattoria nahe der Giudecca noch etwas gegessen, und sie waren beide so erschöpft gewesen, dass die Unterhaltung nach und nach erstorben war. In einhelligem Schweigen – so wie damals in der Kellerstube – hatten sie die Weingläser geleert und waren gleich anschließend in ihr Hotel gegangen.

Wie zum Zeichen der bevorstehenden Heimreise empfing der Sonntagmorgen sie mit einem frischen Wind, der vom Südwesten her in Richtung Österreich wehte. Nach dem Frühstück deponierten sie ihr spärliches Gepäck in einer Kammer bei der Rezeption und ließen sich noch einmal durch Venedig treiben. Sie besuchten zwei Museen, das legendäre Guggenheim-Museum und die Galerie moderner Kunst im marmornen Barockpalast Ca' Pesaro, deren Gemälde und Skulpturen Daniels Interesse aber nicht mehr wecken konnten. Er war innerlich schon auf dem Heimweg, zählte schon die Stunden bis zur Abfahrt, bis zur Ankunft, bis zum Wiedersehen mit Nadja, bis zur Klärung oder auch Beendigung ihres Verhältnisses.

Der fünfte März. Um acht Uhr früh steigt Daniel mit dem Vater aus dem Zug, in Wien herrscht trübes Montagswetter. Auf dem Parkplatz vor dem Südbahnhof wartet der silbergraue BMW des Vaters. Daniel hat in der letzten Nacht nicht gut geschlafen, zu viel ist ihm durch den Kopf gegangen.

«Alles Gute zum Geburtstag, mein Sohn.» Der Vater lässt den Wagen an. «Hast du vielleicht noch Lust, mit mir zu frühstücken? Ich hab mir heute freigenommen.»

«Danke, aber … Eigentlich will ich so schnell wie möglich heim.»

Sie fahren bis vor Daniels Haustür, wo sie sich – ein schon seit Jahren gepflogenes Ritual – mit einer schamhaft-linkischen Umarmung voneinander trennen.

«Danke für alles», sagt Daniel noch einmal, «es war schön mit dir.»

Der Vater lächelt und nickt.

Es ist tatsächlich eine schöne Zeit gewesen, dieses Wochenende. Nicht gerade die Erfüllung aller Phantasien von Harmonie und Gleichklang – dazu hätte es von Seiten Daniels größerer Gelassenheit und einer stärkeren Präsenz bedurft –, aber doch immerhin ein Anfang. Irgendwann im Lauf der nächsten Woche wird er den Vater im Büro besuchen, um ihn seinerseits zum Frühstück einzuladen. Eine Absicht, die sich warm und gut anfühlt.

Was seinen Streit mit Nadja anbelangte, hatten sich die Dinge mittlerweile von allein geregelt. Daniel fand sie in seinem Bett, wo sie mit einer Flasche Sekt, einer Geburtstagstorte und einer gehörigen Verkühlung auf ihn wartete. Sie war am Freitag zwar mit Franz nach München aufgebrochen, hatte aber mangels einer wind- und wettertauglichen Motorradkluft bereits nach einer Stunde aufgegeben. Halb erfroren war sie am Bahnhof von Sankt Pölten in den Zug gestiegen und nach Wien zurückgefahren.

Eine gerechte Strafe, dachte Daniel, klug genug, es nicht laut auszusprechen. Während sie den Sekt entkorkte, schlüpfte er aus seinen Kleidern und zu ihr unter die Decke, in der Hoffnung, es sei möglich, Körperflüssigkeiten auszutauschen, ohne sich zugleich Bazillen einzufangen.

Nadjas Zustand (Husten, Schnupfen, leichtes Fieber) war durchaus kein Grund zur Sorge, trotzdem hütete sie auch am Dienstag noch das Bett. Wahrscheinlich schämte sie sich auch ein wenig – einerseits für ihren ursprünglichen Plan, mit Franz das Wochenende zu verbringen (eine Absicht, deren anrüchiger Beigeschmack ihr wohl bewusst war), andererseits für das blamable Scheitern dieses Plans –, und zog es deshalb vor, sich bis auf weiteres in den Daunen zu verkriechen.

Daniel blieb den ganzen Tag bei ihr, um sie mit Kräutertee und Fertigsuppe zu bekochen, aber kurz nach sechs Uhr abends trieben ihn die einsetzende Dämmerung und ein seit Stunden anwachsender Bierdurst in sein Stammcafé gleich um die Ecke. Dort saß er allein im Gastraum, trank und rauchte und kam nach und nach zur Ruhe. Eigentlich, so fand er, hatte er die Turbulenzen der vergangenen Tage halbwegs gut bewältigt. Hatte – wie er hoffte – seinem Vater wenigstens in Ansätzen gezeigt, wie wichtig er ihm war, und hatte Nadja ihre mangelhafte Rücksichtnahme generös verziehen. Die Dinge waren auf dem besten Weg, ins Lot zu kommen.

Plötzlich steht sie in der Tür, ein scheues Lächeln auf den Lippen. Nadja.

Langsam kommt sie auf ihn zu.

«Ich muss dir etwas sagen.»

Daniels Verwunderung darüber, dass sie ihm gefolgt ist, mischt sich jetzt mit einer unbestimmten Vorfreude, einer Erregung, wie man sie als Kind unter dem Weihnachtsbaum empfindet. Zeit für die Belohnung, denkt er, für das Dankeschön. Eine Umarmung und ein Kuss, vielleicht sogar eine von Nadjas so seltenen Liebeserklärungen.

Sie steht jetzt vor ihm, sieht ihn an mit ihren großen Augen. «Deine Mutter hat gerade angerufen», sagt sie. «Wegen deines Vaters. Er ist tot.»

Die Schlucht

Erst Wochen später würde Nadja ihm erzählen, dass er durch den Raum gewirbelt sei, als habe ihm ein unsichtbarer Riese einen Tritt versetzt. Sie habe keine Muskelkontraktion erkennen können, keinen Sprung. Nur eben einen Stoß, der Daniel von seinem Stuhl katapultiert und gegen die fünf Meter weit entfernte Bar geschleudert habe. Nach dem Aufprall habe er sich an der Fußstütze des Schanktischs festgeklammert und geschrien. Einen Schrei, der – anders ließe es sich kaum beschreiben – *nicht von dieser Welt* gewesen sei. Er habe mehrstimmig geklungen, seufzend wie ein Windstoß im Gebälk eines verlassenen Hauses, sei aber zugleich so markerschütternd durch den Raum gehallt, dass man auch nachher noch die leeren Gläser auf der Theke habe singen hören. Der Kellner sei herbeigelaufen, blass vor Schreck; kaum dass er Daniel unter dem Tresen habe kauern sehen, habe er sich abgewandt, als liefe er Gefahr, bei seinem Anblick zu versteinern. Daniels blutleeres Gesicht, vor allem aber seine Augen … nun, sie seien schwarz, tiefschwarz gewesen, die Pupillen geweitet wie nach dem Genuss von Zauberpilzen oder LSD.

Er selbst hatte diese Momente naturgemäß anders erlebt – nämlich gar nicht. Seine letzten, sich im Nichts verlierenden Gedanken waren folgende gewesen: *Nadja macht nur Spaß*, und: *Es ist alles nur ein Missverständnis*. Beide Hoffnungsschimmer glommen auf wie Meteore – und verglühten.

Danach herrschte Leere.

Erst im Taxi kam er wieder zu Bewusstsein. Ein Zeitlupentaxi, dessen Fahrer wortlos durch das Dunkel gondelte, als stecke eine Münze unter seiner Zunge. Die Sekunden tröpfelten wie Säure aus einer Infusion, sie ätzten sich in Daniels Herz. Als ob ein Tritt aufs Gaspedal die Welt jetzt noch zurück in ihre Angeln heben konnte. Aber gab es andere Möglichkeiten? Sich beeilen, das war alles, was ihm einfiel. Sich beeilen, um in diesem Albtraum nach verborgenen Fluchtwegen zu suchen. Sich beeilen, um die Zeit zurückzudrehen. Sich beeilen, um sich Trost zu holen. Bei wem?

Die Kerzen flackerten, für einen Augenblick drohten sie zu verlöschen. Daniel klemmte die Weinflasche zwischen die Beine, um den Korken in den Flaschenhals zu drücken. Als der Pfropfen nachgab, hörte Daniel die Luft entweichen – ein vertrautes, leise gurgelndes Geräusch. Auf seine Hose sickerte ein wenig Wein.

Er setzte die Bouteille an und trank. Sein Schatten tanzte auf der Kellerwand.

Der Notarztwagen war gerade weggefahren, als das Taxi endlich vor dem Josefstädter Haus gehalten hatte.

Daniel auf der Treppe, eine Laufmaschine, drei Stufen auf einmal in den zweiten Stock, die Wohnungstür stand offen. Schemenhaft die Mutter auf der Couch im Wohnzimmer.

Im Schlafzimmer der Vater, akkurat mit einem blauen Hemd und einer beigen Cordhose bekleidet, rücklings auf dem Teppich. Seine Augen waren geschlossen. Neben ihm – vom Fuß gerutscht – sein linker Hausschuh. Daniel hatte ihn wieder auf den Fuß gesteckt.

Er schläft nur …

Auf den Knien hatte Daniel sich vorgebeugt, über den Kopf des Vaters, bis seine Wange die kalkweißen Lippen berührte. Kindheitsduft: das altvertraute Aftershave auf weicher rauer Haut.

Kein Atem.

Trotzdem schläft er nur. Er ist ja da, es ist ja alles da: der Körper, die gewölbte Stirn, die schütteren Haare. Wenn das alles da ist, kann er selbst doch nicht verschwunden sein …

Dann hatte Daniel die Hände auf das wächserne Gesicht gelegt. Das kalte Fleisch gestreichelt.

Wenn er wieder wach ist, werde ich das öfter tun …

Er hatte seinen Vater früher nie gestreichelt; körperliche Zärtlichkeiten waren kein Bestandteil ihres gemeinsamen Vokabulars gewesen. Zwischen ihnen hatten Worte immer schon mehr Kraft besessen, jedenfalls soweit er sich erinnern konnte. Aber jetzt, in diesem Meer aus Schweigen, sank er in die Zeit zurück, die vor den Worten, vor der Sprache lag. Er stützte sich am Boden ab und legte sich behutsam auf den Vater, so wie er als Neugeborener auf ihm gelegen haben mochte.

Ein Geräusch, fast unhörbar, als platze eine Seifenblase: Unter dem Gewicht von Daniels Körper war der Mund des Vaters einen Spaltbreit aufgegangen. Daniel griff nach seinen – offenbar im Todeskampf geballten – Fäusten. Bog die Finger auseinander.

Innen, auf den Handflächen, lag noch ein letzter Rest von Wärme.

Noch ein Schluck, dann würde er sich an die Arbeit machen. Der Veltliner schmeckte warm und sauer. Daniel dachte an die Männer mit dem Blechsarg, an die pietätvolle Gewandtheit, mit der sie den Sarg durchs Vorzimmer und aus dem Haus getragen hatten. Dachte an die Tage, Wochen, Monate danach.

Was hatten sie damals zusammengesoffen, die Mutter, der Bruder und er. Mit dem vom Notarzt konstatierten Herzinfarkt des Vaters hatte jedes Maß an Wichtigkeit verloren – auch das Zeitmaß. So, als wären mit seinem Herzschlag alle Uhren stehengeblieben. Eingelegt in einen Sud aus Alkohol und Nikotin verschwammen die Tage und Nächte; hinter zugezogenen Gardinen dämmerte man auf dem Sofa vor sich hin. Der Sherry und der Whisky und der Grappa aus der Hausbar dämpften die Gedanken, ohne aber einen Rausch hervorzubringen oder in den Schlaf zu münden. Feste Nahrung stand zwar auf dem Tisch – dort hatte Nadja ein paar Käsebrote angerichtet –, aber sie zu essen, brachte keiner über sich. Warum auch sollte man einer Maschine Treibstoff zuführen, die nichts anderes als Verzweiflung produzierte? Nach und nach vertrockneten die Brote, und der Käse fing zu schwitzen an. Sein deftiger Geruch vermischte sich mit dem von Daniel, Georg und der Mutter, die das Zimmer nur verließen, um aufs Klo zu gehen. Die Einzige, die sich in diesen Tagen – leise und verschämt, als tue sie etwas Verbotenes – um ihre Körperpflege kümmerte, war Nadja.

Dann kam die Einäscherung, und danach kam nur noch eine graue Wüste, die sich Zukunft nannte.

Daniel öffnete die Tür zur Dunkelkammer. Anders als erwartet, gähnte ihm der von den beiden Kerzen notdürftig erhellte Raum fast leer entgegen. Möbelstücke oder andere größere Objekte fehlten, abgesehen von einigen zerfledderten Kartons im hinteren Teil der Kammer. Auf dem Boden, auf der langgestreckten Arbeitsfläche und in den Regalen lag diverses Kleinzeug: ein paar Küchenutensilien, halb verrostet, ein zerschlissener Lampenschirm, von Motten angenagte Stofftiere und Socken, ausgedientes Gartenwerkzeug, vorwiegend jedoch Papier in Form von abgewetzten Taschenbüchern, Aktenordnern, alten Schulheften und ein paar ungelenken Kinderzeichnungen. Daniel kam der Hausverwalter in den Sinn. Wahrscheinlich hatte er den Weidlingbacher Nachlass der Familie Kowalski schon vor Wochen inspiziert und alles ausgemustert, was sich auf dem Flohmarkt noch verkaufen ließ. Der Mann war Abschaum: *Abschaum*, dachte Daniel an ein Zitat des Vaters, *wie er sich in ruhigen Zeiten an der Oberfläche der Gesellschaft sammelt. In bewegten Zeiten steigt dafür der Bodensatz nach oben.*

Noch ein Schluck aus der Bouteille. Er betrachtete das Chaos, das der Hausverwalter hinterlassen hatte, dieses kleine Schlachtfeld einer großen Gier.

Die graue Wüste, die sich Zukunft nannte? Nein. Was diesem sechsten März gefolgt war, konnte man nicht Wüste nennen. Wüsten lassen einem wenigstens die Freiheit, stehenzubleiben oder seine Schritte zu beschleunigen, nach links oder nach rechts zu gehen, sich zu verirren oder umzukehren. Ganz im Gegensatz zu Abgründen. Ein Abgrund kennt nur eine Richtung, nur ein Tempo, nur ein Ziel.

Seit Daniel an diesem sechsten März den Halt verloren hatte, fiel er, und der Schlund, in den er stürzte, schien unendlich tief. Es war nicht nur ein Sturz der Psyche, sondern einer, der sich ganz real manifestierte: Ein Jahr später, und es würde alles ausgelöscht sein, was er je ins Herz geschlossen hatte.

Selbstverständlich war nach dem Begräbnis eine Reihe administrativer Fragen aufgetaucht: Gab es ein Testament? Was musste man bei der Versicherung und bei der Bank erledigen? Wie würde es nun mit der Firma weitergehen? Die zentrale Frage aber, nämlich wie es mit dem Leben weitergehen sollte, war beantwortet, noch ehe Daniel sie stellen konnte: Einer der zwei Söhne musste an der Seite der geknickten Mutter bleiben; es stand fest, dass es sich dabei nicht um Georg handeln würde.

Daniel zog also wieder in das Zimmer, das er nach dem Auszug aus dem Haus am Weidlingbach bewohnt hatte, und Nadja kam mit ihm. Es fügte sich, dass Franz bei seiner Tour nach München einem alten Freund begegnet war, der eben erst ein weiträumiges Künstleratelier in Rosenheim gemietet hatte und nach einem Mitbenutzer suchte. Ohne lang zu überlegen, packte Franz nun auch die Koffer, um sich Richtung Oberbayern zu empfehlen. Mit seinem Auszug war die Leopoldstädter Wohngemeinschaft endgültig Geschichte.

Der Beziehung zwischen Daniel und Nadja war ein langsamerer Niedergang beschieden. Immerhin hielt Nadja es bis Ende Mai bei ihm und bei der Mutter aus. Im Grunde war es ihr hoch anzurechnen, dass sie überhaupt mit ihm in die von Georg so bezeichnete *Familiengruft* gezogen war.

Die Wohnung glich tatsächlich einer Gruft. Zum einen, weil die Vorhänge noch immer nicht geöffnet wurden, so als könnten Gram und Trauer an ein paar verirrten Sonnenstrahlen Schaden nehmen, und zum anderen, weil sich eine zähe Stille eingenistet hatte, eine Stille nicht nur der Geräusche und der Worte, sondern auch ein Stillstand der Bewegungen. Man ging nicht, sondern schlich im Halblicht durch die Räume, und wenn eine der Parketten knarrte, schrak man auf und blieb wie angewurzelt auf der Stelle stehen wie ein auf frischer Tat ertappter Dieb.

Die Mutter saß zumeist im Wohnzimmer und stierte vor sich hin; sie nahm schon jetzt die Haltung ein, in der sie knapp zwei Jahre später dauerhaft erstarren würde. Auf die Stunden vor dem Tod des Vaters angesprochen, schwieg sie oder gab nur einsilbige Antworten, sodass es Wochen dauerte, bis Daniel im Geist ein Puzzle der Geschehnisse zusammensetzen konnte. Offensichtlich war der Vater früher von der Arbeit heimgekommen, und er hatte – was durchaus nicht an der Tagesordnung war – der Mutter rote Rosen mitgebracht. Die abendlichen Fernsehnachrichten, die er so gut wie immer anzusehen pflegte, hatte er dagegen ausgelassen. Ebenso das Essen. Gegen acht war er im Schlafzimmer verschwunden, und um zehn vor neun hatte die Mutter ein Geräusch gehört: ein Poltern wie von einem umgekippten Möbelstück. Als sie das Schlafzimmer betreten hatte, war er da gelegen, auf dem Boden.

Mehr war ihr nicht zu entlocken, also füllte Daniel die Leerstellen der Geschichte instinktiv mit seiner Phantasie. In seinem Kopf entspannen sich verschiedene Varianten, deren Grundstruktur jedoch dieselbe blieb: Wahrscheinlich waren die unverhofften Blumen von der Mutter falsch gedeutet worden, nämlich als Entschuldigung für *was auch immer*, und so hatte sie aus Eifersucht und Misstrauen einen Streit begonnen. Von gekränktem Schweigen über schnippische Bemerkungen bis hin zu Vorwürfen und Klagen – Daniel kannte das Procedere. Kein Wunder, dass dem Vater da nicht nur die Lust aufs Fernsehen, sondern auch der Appetit vergangen war. Wie früher in die Weidlingbacher Kellerstube hatte er sich in das Schlafzimmer zurückgezogen, hatte die Enttäuschung und den Ärger einmal mehr in sich hineingefressen, nur um nicht zu explodieren. Stattdessen war er implodiert.

Nachdem die Mutter ihn gefunden hatte, war vermutlich eine ganze Weile bis zu ihrem Telefonanruf beim Rettungsdienst vergangen: wertvolle Minuten, mit bestürztem Händeringen, Wehklagen und Konfusion vertan. Von sogenannten *lebensrettenden Sofortmaßnahmen* konnte keine Rede sein; die Mutter hatte niemals einen Erste-Hilfe-Kurs besucht. Wozu denn auch, der Vater war nie ernstlich krank gewesen. Übelnehmen konnte man ihr weder ihre Unbeholfenheit noch ihre Panik.

Daniel tat es trotzdem.

Er verließ die Wohnung meistens früh am Morgen,

um, wie er behauptete, zur Hochschule zu fahren. Tatsächlich war es eine Tag für Tag aufs Neue praktizierte Flucht: Er wollte fort aus diesem Haus, aus dieser Straße, dieser Gegend, wenn auch ohne Ziel und ohne Hoffnung, woanders etwas Besseres zu finden. Wenigstens war es woanders leichter, sinnlosen Gesprächen aus dem Weg zu gehen. Einfach nur zu schweigen.

Wenn er sich im Morgengrauen davonstahl, pflegte Nadja noch zu schlafen. Vielleicht tat sie auch nur so: Je schwerer Daniel das Reden fiel, desto bedrückender war seine Gegenwart. Er glich einem zerbrochenen Krug, aus dem man nicht mehr trinken und in den man nichts mehr füllen konnte – keine Worte, keinen Zuspruch, keine Zärtlichkeiten.

Eines Tages Ende Mai fiel Daniel auf, dass Nadja nicht mehr da war, und er überlegte, wann er sie zum letzten Mal gesehen hatte. Wie auch immer, dachte er, es macht ja keinen Unterschied. Sie hatte sich diskret verflüchtigt, und er konnte es ihr nicht verdenken. Warum sollte ausgerechnet sie sich nicht verflüchtigen?

Von diesem Tag an teilte er das Bett nur noch mit seinen Träumen, und das hieß: mit seinem Vater. Bis zum Herbst des Jahres 1985 sollte keine Nacht vergehen, in der der Vater seinen Träumen fernblieb. Drüben, in der Schlafwelt, war er sein allgegenwärtiger Begleiter: Jeden Abend wartete er hinter jener nebelhaften Schleuse, in der Daniel sein zerrüttetes

Bewusstsein abstreifte. So greifbar, so konkret und tröstlich war die Gegenwart des Vaters, dass sich Daniel meist schon am frühen Abend in sein Zimmer einschloss, um zu Bett zu gehen. Sobald er in den Schlaf hinüberdämmerte, verloschen seine Schmerzen, und die Welt geriet wieder ins Lot.

Umso entsetzlicher war dann das Auftauchen, die Rückkehr in den Wachzustand. Eineinhalb Jahre lang erwachte Daniel mit demselben jähen Schrecken, mit demselben Schock, den er an jenem Abend im Café erlitten hatte. Jeden Morgen starb der Vater wieder, jeden Morgen wurde Daniel sein Tod zum ersten Mal bewusst. Er wollte weiterschlafen, immer weiterschlafen, denn der Schlaf war jetzt das Leben und das Wachsein nur ein grauenvoller Albtraum.

Interessant, dass – wohl infolge dieses tiefempfundenen Wunsches – eine zunehmende Unschärfe im Grenzland zwischen Traum und Wirklichkeit entstand. Bisweilen wirkten Daniels Träume glaubhafter als die reale Welt. Während die nächtlichen Begegnungen mit dem Vater absolut nichts Surreales hatten (statt in wallenden Gewändern durch das All zu schweben, traf man sich in ganz normaler Alltagskleidung auf der Erde, meistens vor dem Saunahaus im Weidlingbacher Garten), neigte die Realität dazu, ins Wunderliche abzugleiten. Einmal beispielsweise wurde Daniel von einem Kribbeln auf dem rechten Unterarm geweckt, und als er – wie gewohnt, mit einem unterdrückten Schrei – die Augen aufschlug, saß da eine Kohlmeise. Sie trippelte und pickte seelenruhig auf seiner nackten Haut herum, hielt erst nach einer Weile inne, richtete sich auf und musterte, indem sie ihren Kopf zur Seite neigte, Daniels verschlafenes Gesicht. Mit einem kurzen Zwitschern flog sie auf und schwirrte aus dem offenen Fenster.

Dass ein scheuer Vogel mitten in der Großstadt in ein vierstöckiges Wohnhaus flog, um sich auf einen Schlafenden zu setzen, war nur schwer als Zufall abzutun. Die Meise hatte sich ja nicht verirrt, sie hatte ja, wie sich aus ihrem Gleichmut und aus ihrem souveränen Rückzug folgern ließ, den Weg gekannt. Für Daniel, der eben noch mit seinem Vater einträchtig am Uferhang des Weidlingbachs gesessen war, bestand kein Zweifel an der metaphysischen Natur seines gefiederten Besuchers. Trotzdem wusste er mit dieser Episode wenig anzufangen. Denn was sollte er mit einem Wunder, über das er sich nur wundern konnte? Dessen Sinn und Zweck er nicht verstand? Wer hatte ihm die Kohlmeise geschickt, und welche Botschaft sollte sie ihm übermitteln? Oder war sie einfach nur ein Zeichen dafür, dass das Diesseits und das Jenseits sich berührten, manchmal sogar verschmolzen, und dass er infolgedessen seinen Träumen Glauben schenken durfte? Nun, das tat er sowieso.

Trotz allem blieb der Vater ein Gefangener der Traumwelt; es gab keine Möglichkeit, ihn einfach an der Hand zu nehmen und mit sich zu ziehen, zurück ins Leben.

Daniels Blicke streiften einen schwarzen Gegenstand, der neben einer der geleerten Schachteln auf dem Fußboden der Dunkelkammer lag. Sofort erkannte er das Telefon, das sogenannte *Vierteltelefon* mit seinem kleinen weißen Knopf am Sockel, der dazu gedient hatte, sich in die Leitung einzuklinken, falls sie frei war. Das dabei entstandene Geräusch, ein wiederholtes, arrhythmisches Knacken, klang vertraut in Daniels Ohren nach.

Er hatte immer schon Respekt vor diesem Apparat gehabt, der mehr als nur ein Medium zum Austausch warmer Luft gewesen war. Im Gegenteil, er hatte eine Aura der Gewichtigkeit verströmt, und anders als bei den inzwischen so beliebten Handys hätte sich kein Mensch entblödet, ihn aus purer Langeweile für Gespräche über Filmschauspieler, Haarshampoo, die allgemeine Wetterlage oder andere Banalitäten zu missbrauchen. Von der letzten Wanderung des Kriegsverbrechers Johann in den Hohen Tauern bis zum Tod der Großmutter am Weidlingbach, von den Geburten Daniels und Georgs bis zum blutigen Massaker von Ma'alot, bei dem Daniil getötet worden war: Der Zauberapparat war als beredter Zeuge immer mit dabei gewesen.

Daniel sah auf die Uhr – es war fast sieben. Marion sollte wissen, dass ich mich verspäte, dachte er und tastete vergeblich seine Jackentaschen ab. Das Handy lag wohl noch im Auto, vorne, auf der Ablage über dem Handschuhfach.

Schon damals, während seines langen Sturzes in den Abgrund, hatte ihn die Frage nach der Angemessenheit seiner Verzweiflung beschäftigt. Andere Menschen hatten unsägliche Mühen auf sich genommen, hatten unsägliches Leid erfahren, waren um ein Haar dem Tod entronnen oder hatten selbst getötet. Und ihn warf ein zwar verfrühter (schließlich war der Vater keine sechsundvierzig Jahre alt gewesen), aber im Vergleich doch trivialer und gewaltfreier Verlust aus seiner Bahn: ein unspektakulärer Tod in unspektakulären Zeiten. Hatte er denn angesichts der Schicksalsschläge – und Verbrechen! – früherer Generationen überhaupt das Recht auf eine derart tiefe seelische Verwundung? Gab es nicht auch Männer, die mit abgetrennten Gliedmaßen im Dreck vor Stalingrad gelegen waren? Mütter, denen man an einem Abstellgleis in Auschwitz ihre Babys aus dem Arm gerissen und mit einem beiläufigen Kopfschuss abgeschlachtet hatte? Waren denn diese Menschen, falls sie das Inferno durch ein Wunder überlebten, ohne Ausnahme verrückt geworden? Nein. Nicht einmal Tante Ruth und Onkel Jakob hatten den Verstand verloren. Alles außer dem Verstand.

Und jetzt verfiel er selbst in einen Zustand geistiger Umnachtung, weil sein Vater einem stinknormalen Herzinfarkt erlegen war. Sosehr er sich des Missverhältnisses bewusst war, ändern konnte er es nicht. Vielleicht, weil er es gar nicht ändern musste: Um in einer Zeit der kollektiven Sättigung an einem Ort der kollektiven Sicherheit zu überleben, brauchte man kein Wunder, ob man seine Sinne nun beisammenhatte oder nicht. Für jedes leibliche Bedürfnis war im Überfluss gesorgt (*Wir haben Glück*, entsann sich Daniel der Worte seines Vaters, *Glück und Autos, Tiefkühltruhen und Fernsehapparate*). Weder galt es etwas zu zerstören noch etwas wiederaufzubauen. Es gab keine äußeren Feinde und kein äußeres Chaos, nichts, was einem von den inneren Feinden und dem inneren Chaos Ablenkung verschaffte. Also durfte man sich gehenlassen, sei es nun zum Psychiater oder in den Wahnsinn.

Abgesehen von gelegentlichen lauten Selbstgesprächen und der Angewohnheit, unvermittelt – auch beim Überqueren der Straße, mitten auf der Fahrbahn – stehen zu bleiben und für mehrere Minuten grübelnd zu verharren, blühte Daniels Verschrobenheit weitgehend im Verborgenen. Wenn er beispielsweise Pflastersteine oder Fenster von Gebäuden zählte, um zu kontrollieren, ob sich ihre Zahl durch drei teilen ließ (die Drei war gut, die Neun perfekt; am unheilvollsten war die Fünf, mit Ausnahme der Quotienten, die – wie etwa fünfzehn oder dreißig – eben auch durch drei zu teilen waren), dann schien das seiner Umwelt selten aufzufallen. Kaum jemand kam ihm nah genug, um zu erkennen, wie es um ihn stand: Er hatte keine Freunde mehr. Auch seine sexuellen Ambitionen hatten sich verflüchtigt, denn sein Interesse an den Frauen war immer mit der alten

Hoffnung einhergegangen, eines Tages dem ersehnten Spiegelmenschen zu begegnen – einer Hoffnung, die es nun nicht mehr gab: Sein Spiegelmensch war ohnehin schon da gewesen, zweiundzwanzig Jahre lang an seiner Seite, ohne dass es ihm bewusst gewesen war. So wenig es auch half, vergebenen Chancen nachzutrauern, aber für ein Frühstück mit dem Vater hätte er jetzt mehr als nur seinen Verstand gegeben.

Auf den Wipfeln schimmerten die letzten Sonnenstrahlen, als er noch einmal zum Auto ging, um Marion anzurufen. Sie nahm nach dem ersten Läuten ab.

«Wie geht's dir?»

«Gut … Aber ich werd hier wohl noch eine Weile brauchen», sagte Daniel.

«Herrgott, das muss jetzt aber nicht sein!»

«Bitte?»

«Nein, nicht du … Geh, wart einen Moment …» Das Klappern von Geschirr, das Klopfen eines Kochlöffels am Pfannenrand. Im Hintergrund die Stimme Marions, die eine leise Melodie singt.

Auch die Mutter hatte ihre Eigenheiten kultiviert; ihr vormals noch latenter Hang dazu, den Menschen, die ihr nahestanden, Schuldgefühle aufzubürden, wuchs zur Obsession heran. Wobei sie darauf beharrte, dass ihr außer ihren beiden Söhnen *niemand* nahestand. Da Georg sich nur selten blicken ließ, brach also auch der Großteil jener Klagen und Beschuldigungen über

Daniel herein, die doch im Grunde seinem Bruder galten.

Wenn sich Georg doch einmal zum Essen in der Josefstädter Wohnung einfand, herrschte eine mürrische, bedrückte Stimmung, und das Tischgespräch beschränkte sich auf fortgesetzte Vorwürfe der Mutter, dass sich, seit der Vater nicht mehr lebte, ihre Söhne vollends von ihr abgewendet hätten. Während Daniel schweigend die Kartoffeln in der Pfanne zählte, reagierte Georg mit sarkastischen Bemerkungen und Sticheleien. Wie ein Häftling, der in seiner Zelle Feuer legt, um an die Luft zu dürfen, brach er einen Streit vom Zaun und fand auf diese Weise einen Vorwand, um sich überstürzt und grußlos zu entfernen.

Daniel blieb mit der Mutter in der Zelle sitzen; sie allein zu lassen, hätte er nicht übers Herz gebracht. Er steckte ohnehin in seinem eigenen Kokon, der ihm einen gewissen Schutz vor ihren Übergriffen bot. Das änderte sich erst, als sie sich eine ganz spezielle sprachliche Marotte angewöhnte, die ihm endgültig den Atem abzuschnüren drohte: Sie begann, sich in den ungeeignetsten Momenten einer Wir-Form zu bedienen, wie sie allenfalls der langjährigen Symbiose zweier Eheleute angemessen war. Das Spektrum reichte vom noch halbwegs moderaten «Sag, was wollen wir heute essen?» über ein abstruses «Sollten wir dir nicht bald neue Schuhe kaufen? Gehen wir morgen schauen, ob uns ein Paar für dich gefällt?» bis hin zum völlig abwegigen, anlässlich der Fernsehübertragung eines Fußballspiels geäußerten «Was meinst du, zu wem sollen wir halten?».

Diese beiläufige Taktik der Vereinnahmung war unerträglicher als alle Schmähungen und direkten Attacken. Letztlich konnte man den Sprachduktus der Mutter aber auch als segensreich bezeichnen, denn die wachsende Beklemmung weckte Daniels Widerstand und trieb ihn, wenn auch erst nach über einem Jahr, zu einem kleinen Akt des Aufbegehrens. Ein Aufbegehren, das in nichts anderem bestand, als ein paar Tage zu verreisen.

Im Frühling 1985 schloss er sich einigen Studienkollegen an, die hin und wieder Richtung Süden fuhren, um in den Kärntner Wäldern zu kampieren und – abgesehen von den mitgeführten Zelten, Feuerzeugen, Kameras und alkoholischen Getränken – eine Woche lang wie Urmenschen zu leben. Man lief nackt durchs Unterholz, fing Fische, baute sich aus Steinen, Ästen und Lianen regelrechte Throne um die primitive Feuerstelle und betrank sich unter dem Gefunkel eines imposanten Sternenhimmels. Daniel kam mit den durchwegs männlichen Gefährten überraschend gut zurecht, vielleicht, weil ihnen seine stille Art signalisierte, dass er keinen Anspruch auf den Rang des Alpha-Männchens oder andere Privilegien erhob. Wenn er allein sein wollte, zog er sich zurück, ging Pilze sammeln, döste in der Sonne oder schwamm im nahen See.

Der unkonventionellen Reisegruppe blieben leider

nur drei unbeschwerte Tage in der Wildnis: Schon am vierten Morgen trieb der Westwind eine Wolkenwand heran, und gegen Mittag setzte ein beharrlicher und monotoner Regen ein. Nach klammen Stunden, die auf keine Wetterbesserung hoffen ließen, brach man resigniert die Zelte ab und trat die Heimfahrt an.

Auch Wien lag unter einem Regenschleier. Daniel, bis auf die Haut durchnässt, stand erst am späten Abend vor der Tür der Josefstädter Wohnung. Eine Dusche und ein Bett, mehr wünschte er sich nicht, als er den Schlüsselbund aus seiner Hosentasche zog.

Obwohl der Schlüssel passte, ließ er sich nicht vollständig in den Zylinder schieben. Offenbar hatte die Mutter ihren Schlüssel innen steckenlassen und das Schloss blockiert. Nach mehrmaligem Klingeln, An-die-Tür-Hämmern und Rufen fasste Daniel sich ein Herz und öffnete das Gangfenster, von dessen Sims man mit einem zwar kurzen, aber doch gewagten Sprung über den Innenhof den sogenannten Klopfbalkon erreichen konnte – dabei handelte es sich um einen winzigen, der Wohnung zugehörigen Balkon, der vor der Einführung des Staubsaugers dem Ausklopfen von Teppichen gedient hatte. Er hechtete über den Hof und krallte sich von außen an den glatten Eisenstäben fest, bevor er über das Geländer kletterte.

Die Glastür, die ins Schlafzimmer der Mutter führte, war verschlossen, und im Inneren herrschte Dunkelheit. Trotzdem vermeinte Daniel einen Schatten zu erspähen – eine regungslose Silhouette auf dem

Bett. Entnervt von seiner langen Reise schlug er mit dem Ellenbogen kurzerhand die Scheibe ein.

Sie lag in einer Pfütze aus Erbrochenem; am Nachttisch – neben einer Flasche Sherry – eine Batterie geleerter Pillendosen. Eine halbe Stunde später, als er neben ihr im Rettungswagen saß, hielt Daniel ihre Hand und zählte die Lamellen der Lüftungsgitter in der Blechverkleidung.

Unrasiert und müde döste er den Rest der Nacht im Warteraum des Krankenhauses vor sich hin. Um fünf Uhr früh erschien ein unrasierter, müder Arzt, der ihm in knappen Worten mitteilte, die Mutter sei zwar noch nicht ansprechbar, ihr Status aber insofern stabil, als eine Selbsttötung mit herkömmlichen Schlaftabletten ohnehin kaum möglich sei. Man habe ihr den Magen ausgepumpt und werde sie nach einem drei- bis viertägigen stationären Aufenthalt in eine Nervenheilanstalt verlegen.

Als der Arzt gegangen war, blieb Daniel noch eine Weile sitzen und versuchte, seine widersprüchlichen Empfindungen zu ordnen. Ärger und Gewissensbisse, Übelkeit und Trübsinn lieferten einander einen halbherzigen Kampf, der vorzeitig beendet wurde: Plötzlich stand da eine junge Krankenschwester, die ihm einen dampfenden Pappbecher vor die Nase hielt. Er witterte Kaffeeduft.

«Nur, damit Sie es noch bis nach Hause schaffen», sagte sie. «Und machen Sie sich keine Sorgen, Ihre Mutter ist bei uns in guten Händen.»

«Danke», sagte Daniel. «Auch für den Kaffee.»

«Soweit ich das beurteilen kann, ist Koffein bei Ihrem Zustand medizinisch indiziert.» Sie lächelte.

Am frühen Abend kehrte er – geduscht und ausgeschlafen – ins Spital zurück. Die Mutter war inzwischen bei Bewusstsein, konnte aber noch nicht reden. Hin und wieder zwängte sie die Augenlider auf und ließ den Blick zur Decke flattern. Daniel blieb gerade lang genug, um keinen schlechten Eindruck bei den beiden anderen Frauen zu hinterlassen, die das Dreibettzimmer mit ihr teilten. Als er wieder auf den Gang trat und die Tür hinter sich zuzog, lief ihm Georg in die Arme.

«Und? Wie geht es ihr?»

Ein Achselzucken. «Wie es einem eben geht nach einer Überdosis Rohypnol und einem halben Liter Sherry.»

«Rohypnol? Jetzt hat sie völlig den Verstand verloren.» Georg schüttelte den Kopf. «Ein Suizidversuch mit Benzodiazepinen, das ist zirka so, als wolltest du mit Knallerbsen den Glockner sprengen. Andererseits ...»

«Was andererseits?»

«Na, vielleicht wollte sie es ja erleben, dass du sie so findest. Oder hast du tatsächlich geglaubt, du könntest ungestraft auf Urlaub fahren?» Mit einem vielsagenden Grinsen klopfte Georg seinem kleinen Bruder auf die Schulter und betrat das Krankenzimmer.

Als er auf dem Weg zur Busstation die Straße überquerte, ohne ausreichend auf den Verkehr zu achten, bremste mit quietschenden Reifen ein Auto vor Daniel ab – ein roter 2CV mit offenem Verdeck und hochgeklappten Seitenscheiben.

«Hat es Ihnen in der Notaufnahme gar so gut gefallen?» Es war die Krankenschwester, die ihm in der Früh den Becher mit Kaffee gegeben hatte. «Wenn Sie Richtung Zentrum wollen, kann ich Sie ein Stück mitnehmen. Das würde Ihre Chance erhöhen, mit heilen Knochen heimzukommen.»

«Danke, aber …» Daniel verstummte.

«Kommen Sie, jetzt steigen Sie schon ein.» Sie lächelte ihm zu und beugte sich nach rechts, um ihm die Wagentür zu öffnen. «Vorsicht mit dem Kopf.»

Die Regenwolken hatten sich verzogen, und der kühle Abendwind strich über Daniels Stirn. Die Ente schaukelte gemächlich durch die Gassen. Viel zu bald waren sie beim Rathaus, wo sich ihre Wege trennten.

«Sagen Sie mir, wie Sie heißen?», fragte Daniel.

«Privat oder beruflich?»

«Ich … Ich weiß nicht …»

«In der Klinik können Sie mich Marion nennen», unterbrach sie ihn mit einem Schmunzeln. «Und falls wir uns einmal zufällig woanders sehen, auch.»

So hatte er Marion kennengelernt. Am nächsten Tag nahm sie ihn wieder bis zum Rathaus mit, und tags darauf begleitete er sie bis nach Sankt Marx, wo er sie in der Nähe ihres Wohnheims auf ein Achtel Wein in einem Gasthausgarten einlud.

«Und? Wann kommst du?», meldete sie sich am Telefon zurück.

«Ist schwer zu sagen. Ich hab hier noch eine ganze Menge durchzuschauen, viel mehr, als ich gedacht hab … Ich muss alles …» Er verstummte.

«Sag», in Marions Stimme lag ein wachsamer Unterton, «ist alles in Ordnung bei dir?»

«Natürlich, ja. Ich weiß nur nicht, ob ich es heute Abend noch nach Hause schaffe.»

Kurzes Schweigen. Leiser Atem aus dem Hörer.

«Brauchst du morgen früh das Auto?», fragte Daniel.

«Nicht, wenn die U-Bahn fährt.»

«Ich werd versuchen, rechtzeitig daheim zu sein.»

«Na gut. Hast du denn überhaupt ein Bett dort draußen?»

Daniel zögerte. Er war noch nicht im ersten Stock gewesen, musste aber davon ausgehen, dass auch in den oberen Räumen keine Möbel standen.

«Nimm die Reisedecke», sagte Marion, «du weißt schon, die schwarz-rot karierte. Sie ist irgendwo im Kofferraum. Die Nächte werden jetzt schon kalt.»

«Das mach ich … Danke.»

«Dann bis morgen.»

Mit der alten Wolldecke und einer weiteren Flasche Wein ging Daniel wieder in den Keller.

Die Begegnung mit Marion war der Wendepunkt von Daniels langem Niedergang gewesen; unvermutet hatte er die Linearität des Schicksals unterbrochen, es gewissermaßen aus dem Tritt gebracht. Denn dass die Mutter schon am nächsten Morgen in die Nervenklinik am Steinhof – und somit an die westliche Peripherie der Stadt – verfrachtet werden würde, hatte auf den weiteren Verlauf von Daniels und Marions Beziehung keinen Einfluss mehr gehabt. Die Bande waren geknüpft, die Brücke war geschlagen. Mit dem einen oder anderen intensiven Blickwechsel, der einen oder anderen zarten Andeutung, dem Austausch ihrer Telefonnummern und einem züchtigen, aber verheißungsvollen Gutenachtkuss öffnete sich plötzlich eine Hintertür, ein unverhoffter Fluchtweg, der es Daniel ermöglichte, sich Schritt für Schritt aus seinem Kerker fortzustehlen, ihn zuzumauern und mitsamt seiner Geschichte zu vergessen.

Das Heft

Es war bezeichnend für ihr Naturell, dass Marion, als sie zum ersten Mal die Wohnung in der Josefstadt betrat, die Vorhänge und Fenster aufriss, um, wie sie es formulierte, *diesen welken Zimmern Licht und Luft zurückzugeben*. Einfühlsam und doch pragmatisch, schien sie die perfekte Krankenschwester zu verkörpern. Trotzdem war sie keine jener esoterisch angehauchten resoluten Frauen, die immer alles besser wissen. Die von früh bis spät mit fachgerechtem Griff Klistiere in diverse Hinterteile schieben, um nach Dienstschluss in den Wald zu fahren und Bäume zu umarmen. Überhaupt entsprach sie auf den zweiten Blick nur sehr bedingt dem Bild der routinierten Pflegerin, dafür war sie in manchen Augenblicken zu zerstreut, sodass ihr Schwung nicht selten mit der einen oder anderen Ungeschicklichkeit einherging.

Daniel registrierte mit Erstaunen, dass er sich in sie verliebte, auch wenn sie so gar nicht seinem bisherigen Frauengeschmack entsprach. Denn weder war sie reifer und erfahrener, noch blutleer und neurotisch oder dunkel und geheimnisvoll. Obwohl der Weg zu ihrem Herzen frei von Fallgruben und Fußangeln zu sein schien, die mit einem süßen Nervenkitzel überwunden werden wollten, fühlte er sich von ihr angezogen – auf eine entspannte, ruhige Weise angezogen. Es war keine Amour fou, die wie eine Rakete abhebt und im luftleeren Raum zu explodieren droht, sondern eine friedliche und schlichte Liebe – sozusagen eine Liebe wie ein 2CV.

Im Juli 1985 pflanzte Daniel die Zwillinge in Marions Bauch. Geplant war das so kurz nach ihrem Kennenlernen selbstverständlich nicht, und doch bedeutete es eher ein Versprechen als eine Bedrohung, denn es lockerte die Bande zur Vergangenheit und drängte ihn noch heftiger ins Hier und Jetzt zurück: Am Tag nach Marions Eröffnung, sie sei schwanger, tauchte er mit einem lange nicht empfundenen Gefühl des inneren Friedens aus dem Schlaf. Es war die erste Nacht seit achtzehn Monaten, in der er seinem Vater nicht begegnet war, das erste Aufwachen, das nicht mit dessen neuerlichem Tod einherging. Offenbar hatte sich dieser Tod nun endlich bis in Daniels Träume durchgesprochen. Die Erinnerungen an den Vater blieben zwar präsent, verlagerten sich aber nach und nach in Daniels Bewusstsein: eine Wunde, die jetzt atmen und vielleicht sogar vernarben konnte, weil sie nicht mehr ständig zugeklebt und wieder aufgebrochen wurde.

Was die Mutter anbelangte, hatte ihr Gemüt sich dank der regelmäßigen Verabreichung von Antidepressiva und Beruhigungsmitteln sichtlich aufgehellt. Bei seinen Besuchen in der Nervenheilanstalt fand Daniel sie leicht benebelt, aber ungewohnt gelassen an. Ihr mitzuteilen, sie werde demnächst Großmutter, verschob er dennoch auf die Zeit nach ihrer Heimkehr – einer Heimkehr freilich, die sie zwar erleben, deren Umstände sie aber nicht mehr kommentieren können würde: Nur zwei Tage vor ihrer Entlassung aus der Klinik löste das Zerplatzen eines Äderchens in ihrem Großhirn eine intrazerebrale Blutung aus, die wesentliche Areale ihres Hirngewebes von der Sauerstoffversorgung abschnitt. Ihr vegetatives, für Verdauung, Atmung und Kreislauf zuständiges Steuerzentrum war zwar nicht betroffen, doch die meisten anderen Schaltkreise erwiesen sich als durchgeschmort oder zumindest schwer beeinträchtigt. Was blieb, war ein bewohntes, aber isoliertes Eiland, eine Insel ohne Funk- und Schiffsverbindung.

In den Folgemonaten kam es zu einer Reihe kleinerer und größerer Ortswechsel, die alle auf den neuerlichen Schicksalsschlag zurückzuführen waren. Zunächst wurde die Mutter auf die Intensivstation gebracht, wo man die mageren Überreste ihrer physischen Funktionen zu erhalten und zu festigen versuchte. Ein paar Tage später teilte Georg Daniel telefonisch mit, er habe sich entschlossen, nach Amerika zu emigrieren; sein Flug für nächsten Mittwoch sei bereits gebucht. Ein heikler Zeitpunkt, zugegeben, aber für die Mutter sei ja ohnehin gesorgt: Als Krankenschwester wisse Marion am besten, welche Schritte man bei ihrer weiteren Betreuung setzen müsse.

«Gute Reise», sagte Daniel und legte auf.

Nachdem der Bruder abgeflogen war, packte auch Marion die Koffer, um (wie sie behauptete, aus geographischen und finanziellen, tatsächlich aber aus sozialen Gründen) in der Josefstädter Wohnung einzuziehen. Zwar hatten sie und Daniel ohnehin geplant, sich ein gemeinsames Daheim zu schaffen, aber doch nicht hier, nicht in der düsteren Kowalski'schen Familiengruft, vor allem: nicht zusammen mit der Mutter!

Marion war in dieser Hinsicht unerbittlich: Kinder müssen sich um ihre Eltern kümmern, sagte sie, sobald die Eltern sich nicht mehr um ihre Kinder kümmern können. Das sei nun einmal der Kreislauf der Natur.

Und so ging sie mit Feuereifer an die Umgestaltung der verstaubten Räume, die bald aussahen wie ein Mittelding aus Kinderkrippe und Palliativstation: Sie kaufte nicht nur einen Wickeltisch, ein Mobile und einen Laufstall, sondern auch – mit einem kleinen Preisnachlass, den man ihr wegen ihrer Stellung im Spital gewährte – ein modernes Krankenbett; zudem ließ sie die Türstöcke verbreitern und eine behindertengerechte Badewanne installieren. Die Arbeiten waren kaum beendet, als die Mutter auch schon aus dem Krankenhaus entlassen wurde. Heilen konnte man sie nicht mehr, aber ihr Gesamtzustand schien nachhaltig gefestigt, was zur Folge hatte, dass die Ärzte ihren weiteren Verbleib in einer Heilanstalt für überflüssig hielten. So wie man eine antike Statue ja auch nicht ewig restauriert, sondern beizeiten einer Galerie, einem Museum oder einem Sammler überlässt.

Die erste Flasche würde bald zur Neige gehen, und Daniel öffnete schon jetzt die zweite, um sie – wie ein funkelndes Versprechen – auf den Mauervorsprung zwischen die zwei Grabkerzen zu stellen. Mit einer leisen Scheu, als sei es ungehörig, in der eigenen Vergangenheit herumzuspionieren, ging er in die Knie und griff nach einem alten Schulheft, dessen Einband ihm seit einer halben Ewigkeit vertraut war: *Daniel Kowalski – Aufsätze – 4 B*, stand in der ungelenken Handschrift eines Zehnjährigen auf dem Deckblatt.

Muttertag

Vorgestern war Muttertag. Ich wachte sehr früh auf. Schnell sprang ich aus dem Bett. Mein Papa war auch schon wach. Dann weckten wir meinen Bruder auf. Wir gingen in die Küche und machten das Backrohr auf. Wir wollten einen Kuchen für meine Mama backen. Endlich waren wir fertig. Dann ging ich ins Schlafzimmer. Meine Mama war schon auf. Jetzt brachte mein Papa den Kuchen herein. Meine Mama kostete – und verzog das Gesicht. Der Kuchen war versalzen! Unsere Mühe war umsonst gewesen. Aber dann sah meine Mama uns mit ihren großen Augen an und fing zu lachen an. Bald lachten wir mit. Wir freuten uns, weil es meiner Mama nichts machte. Nächstes Mal kostet lieber mein Papa das erste Stück des Kuchens. So kann nichts passieren.

Schmunzelnd steckte Daniel das Heft in seine Jacke. Morgen würde er es Michael und Anna zeigen. Seltsam, dass die beiden jetzt schon älter waren als er selbst beim Schreiben dieses Schulaufsatzes. Als verwandelten ihn diese Zeilen in den kleinen Bruder seiner eigenen Kinder.

Die verbleibenden sechs Monate der Schwangerschaft waren alles andere als eine ruhevolle Zeit gewesen. Auf aromatherapeutisches Entspannungstraining, ayurvedische Massagen und meditative Atemtechnikübungen, wie sie von anderen angehenden Elternpaaren praktiziert wurden (die meisten Segnungen der Hippie-Ära waren ja in den Achtzigern längst kommerzialisiert und der Verbürgerlichung preisgegeben) mussten Marion und Daniel verzichten. Ihre täglichen Verpflichtungen erreichten ein fast nicht mehr zu bewältigendes Maß: Solange Marion in der Klinik arbeitete, sorgte Daniel tagsüber für die Mutter, um am Abend noch in ein Gemeinschaftsstudio am Alsergrund zu fahren und sich um seine Fotoaufträge zu kümmern. Marion wieder hatte alle Hände voll zu tun, die pflegerischen Unzulänglichkeiten (und das eine oder andere nicht ganz unabsichtliche Versäumnis) Daniels auszugleichen, wenn sie von der Arbeit heimkam: füttern, baden, Bettzeug wechseln, wickeln, wenden, Wäsche waschen – oft bis weit nach Mitternacht.

Da ja inzwischen feststand, dass sie Zwillinge erwartete, bedrängte Daniel sie immer öfter mit dem Vorschlag, einen, wie er sagte, schönen Ort zu finden, wo die Mutter in der Hand erfahrener und – dieses Wort betonte er – *bezahlter* Fachkräfte ein halbwegs gutes Leben führen könne. Wo es Ärzte gebe und vielleicht auch einen Garten oder Park. Die Mutter sei ja schon seit Ewigkeiten nicht mehr an der frischen Luft gewesen, und in einer selbstverständlich sorgsam ausgewählten Pflegeanstalt könne sie tagtäglich in der Sonne sitzen und die Vögel zwitschern hören.

Marions Widerstand begann zu bröckeln; dennoch sollte sie die Abschiebung der Mutter erst nach der Geburt von Michael und Anna akzeptieren.

Am 26. April des Jahres 1986 kam es im Atomkraftwerk Tschernobyl zum bis dato weltweit schwersten nuklearen Unfall der Geschichte. Einer der Reaktorkerne explodierte, um in Folge eine ausgedehnte radioaktive Wolke freizusetzen, die der Wind gemächlich Richtung Westen trieb. Fast zeitgleich, nämlich in den frühen Morgenstunden, setzte Marion tausend Kilometer weiter westlich Michael und Anna in die Welt.

Es war eine erstaunlich einfache Entbindung, jedenfalls nach Aussage des Arztes und der Hebamme. Nachdem sich Michael, von Marions Schmerzensschreien angespornt, durch den Geburtskanal gewunden hatte, dauerte es keine zehn Minuten, bis auch Anna aus dem Dunkel schlüpfte. Daniel, der verschreckt danebenstand und Marions Hand hielt (eine weitere Errungenschaft der Hippie-Ära), nahm die Dinge wie durch einen Schleier wahr. Erst später, als die beiden Säuglinge längst abgenabelt waren und ihre kleinen runzeligen Schädel still auf Marions Brüsten lagen, überkam ihn ein Gefühl der Liebe und der Dankbarkeit, gemischt mit einer tiefen Wehmut: Dass er dieses Wunder nicht mit seinem Vater teilen konnte, sah er als das größte Unrecht an, das ihm je widerfahren war.

Er schob eine Handvoll alter Schulbücher zur Seite und stieß auf ein weiteres Schreibheft: eine unscheinbare Kladde, die er – dessen war er sicher – nie zuvor gesehen hatte. Schon der Umschlag, grau-weiß marmorierter, fester Pappendeckel, ließ ihn darauf schließen, dass das Heft vor seiner Schulzeit, wenn nicht überhaupt vor seiner Zeit gefertigt worden war. Bei seinem Anblick musste Daniel an Rohrstöcke und Tintenfässer denken, an verstaubte Klassenzimmer, harte Schulbänke und Nickelbrillen. Das Heft lag mit der Rückseite nach oben, und so streckte er den Arm aus, um es umzudrehen.

Was ihm sofort ins Auge fiel, war die verschlungene, schräggestellte Schrift des Vaters auf dem Titelfeld:

Notizen

6.3.1962

Vorgestern kam der kleine Daniel.
Zwei Söhne in die Welt gesetzt und mehr als einen Baum gepflanzt (es waren fünf!), aber bis dato noch kein Buch geschrieben.
Wenigstens versuche ich mich jetzt an diesem Tagebuch, das wahrscheinlich (ich bin in solchen Dingen nicht sehr konsequent) ein Monats-, wenn nicht gar ein Jahrbuch wird.
Der erste Eintrag ist geschafft: Ich freu mich maßlos über meine zwei gesunden Buben!

Daniel schlug das Heft zu und griff nach dem Päckchen Zigaretten, das in seiner Hosentasche steckte. Er nahm zwei, drei tiefe Züge, dann ließ er, wie nebenher und ohne richtig hinzusehen, die Seiten durch die Finger gleiten, neugierig und ängstlich, so als hielte er die Büchse der Pandora in der Hand.

In dieser Büchse steckten die Gedanken seines Vaters, Niederschriften eines Toten …

Nein, er würde sie nicht hier im Keller lesen, zwischen Tür und Angel seiner alten Dunkelkammer; es bedurfte eines würdigeren Ortes. Kurz entschlossen steckte er das Schreibheft zu dem anderen in seine Jacke. Aus den Augen, aber nicht mehr aus dem Sinn.

Erst in der Nacht zum 29. April berichteten die Medien erstmals von der nuklearen Katastrophe, und nach einer Woche fingen die Behörden an, die Sandkästen der Wiener Kinderspielplätze mit frischem, unverstrahltem Sand zu füllen. Erschöpft von der Geburt, vor allem aber von der Angst um ihre beiden Neugeborenen ließ Marion sich endlich dazu überreden, Daniels Mutter in ein Pflegeheim zu bringen, unter der Bedingung, dass man dieses Heim gewissenhaft und ohne Zeitdruck auswählen würde. Hierin duldete sie keine Kompromisse, und so dauerte es noch einmal acht Wochen, bis die Mutter in ihr endgültiges Domizil in Klosterneuburg umgesiedelt wurde.

Langsam kehrte Friede ein, sofern man mit zwei immerzu brüllenden Säuglingen von Frieden sprechen konnte. Friede jedenfalls im Sinn einer gewissen Ordnung und Regelmäßigkeit. Das Leben Daniel Kowalskis tat auf einmal so, als sei es immer schon im Lot gewesen. Was ihm von den dunklen Jahren blieb, war eine unstillbare, hinter den alltäglichen Verrichtungen und Pflichten eines Kleinbürgers verborgene Sehnsucht. Manchmal geschah es, dass ihm auf der Straße jemand auffiel, der in irgendeiner Weise – sei es nun die Kopfform, die Statur oder die Art, sich zu bewegen – seinem Vater ähnelte. Dann überkam ihn ein Gefühl wie eine jähe, heftige Verliebtheit, und in seiner Magengegend schwirrten Schmetterlinge auf. Eine bedeutungslose Schrulle, nichts, worüber man sich Sorgen machen musste. Schließlich war er jetzt erwachsen. Ein Familienvater, zuverlässig und charakterfest wie einer jener Schläfer, die jahrzehntelang als unscheinbare Bankbeamte arbeiten und über Nacht zu Selbstmordattentätern werden.

Nacht

24. 11. 1963

Traurige Tage: Gestern ist Miriams Mutter gestorben. Sie war beileibe kein einfacher Mensch, und trotzdem ist sie mir ans Herz gewachsen. Wenigstens war es ein friedlicher, ein leiser Tod (nicht so wie vorgestern bei Kennedy).
Miriam weint. Die Kinder sind seit Stunden ungewöhnlich still. Ich wüsste gern, was in den beiden vorgeht.

Daniel war inzwischen in den ersten Stock gestiegen, um im Schlafzimmer der Eltern die karierte Reisedecke auszubreiten. Wie erwartet, gab es auch hier oben keine Möbel, doch er wusste, wo das schlichte elterliche Bett gestanden war, und just an dieser Stelle schlug er jetzt sein noch viel schlichteres Lager auf. Von den zwei Kerzen und der Weinflasche flankiert, das Heft des Vaters in den Händen, saß er auf dem Boden, las, sinnierte und sah hin und wieder durch die gläserne Balkontür in die Dunkelheit hinaus. Nur eine Armlänge entfernt stand auch das schwarze Telefon. Für seinen plötzlichen Entschluss, es aus dem Keller mitzunehmen, hätte Daniel keine rationalen Gründe nennen können; es vermittelte ihm einfach ein Gefühl der Sicherheit, vielleicht der Sicherheit, kein ungebetener Gast in diesem Haus zu sein: Der Zauberkasten hatte immerhin die letzten sechzig oder siebzig Jahre hier verbracht, was ihm die Aura eines stummen Hauspatrons verlieh.

Das Tagebuch erwies sich als ein buntes Mosaik vereinzelter Momentaufnahmen. Wie der Vater es vorausgesehen hatte, lagen meistens Monate, zuweilen sogar Jahre zwischen seinen Einträgen. Auch inhaltlich waren die Notizen breitgefächert: Kurze, eher sachliche Geschäftsberichte wechselten mit Kommentaren zur politischen Entwicklung, Bemerkungen privater mit Gedanken philosophischer Natur. Natürlich hatten auch die Marksteine der jüngeren Familiengeschichte ihren Platz gefunden.

6.3.1966

Großer Auftrag! Berger von der Flughafengesellschaft hat uns mit der Ausstattung der Parkplätze betraut! Das wird uns finanziell entlasten. Heute nehme ich zwei Flaschen guten Rotwein mit nach Hause. Oder Sekt?

12. 6. 1967

Nach sechs Tagen herrscht jetzt Waffenstillstand zwischen Arabern und Israelis. Heute früh die Nachricht, dass Hans Sander über den Golanhöhen abgeschossen wurde. Hans ist tot, sein kleiner Bub, Daniil, gerade einmal sieben Jahre alt. Den Krieg gewonnen, eine Welt verloren. Der Wahnsinn macht mich sprachlos.

10. 11. 1968

Miriams und mein Geburtstag: Beide dreißig! Alles wächst, gedeiht und blüht: die Kinder, das Geschäft, das ganze Land. Im Auto wartet – neben roten Rosen – mein Geschenk für Miriam: ein Fernsehapparat! Nicht ganz uneigennützig, zugegeben. Aber schließlich darf ich mir als alter Knacker auch einmal etwas vergönnen.

Daniel musste lächeln. Er erinnerte sich an den Apparat: ein schweres, unförmiges Ding, mit dem man selbstverständlich nur Schwarzweißbilder empfangen konnte (bis zum ersten Weidlingbacher Farbfernseher würde es noch weitere sechs Jahre dauern). Es gab damals nur zwei Sender, deren biederes, betuliches Programm meist erst am Nachmittag begann und weit vor Mitternacht zu Ende war. Die große Ausnahme erlebte Daniel im Juli 1969: Die Liveübertragung von Neil Armstrongs ersten Schritten auf dem Mond war eine Sternstunde des Rundfunks, die sich die Kowalskis nicht entgehen ließen. Auch die Kinder durften wach bleiben, nachdem sie mittags *vorgeschlafen* hatten; bis zum frühen Morgen saßen sie gebannt im Schimmer des Unglaublichen. Am Bildschirm rauchten Männer, die mit Hornbrillen hinter endlosen Computerpulten saßen, Zigaretten. Draußen herrschte tiefe Nacht; es gab nur noch Neil Armstrong und glänzende Augen und den Arm des Vaters, der um Daniels Schulter lag. In diesen kurzen Stunden war die Welt so schön, dass man sie einfrieren hätte müssen.

Doch das Tagebuch durchschritt die Zeiten gnadenlos.

3.5.1971

Ein zweites Leben, von einem verdorbenen Fisch geschenkt. Wenn ich ihn nicht gegessen hätte, wäre ich vielleicht schon tot. So dünn ist, Damokles, das Haar, an dem dein Leben hängt.
Ich sollte mir an Max kein Beispiel nehmen. Nur noch Auto fahren, nie wieder einen Zug besteigen.

Wieder spulte Daniel im Geist die Zeit zurück, warf seinen Angelhaken in den Tümpel der Erinnerungen. *Max*, das konnte nur Max Glauber – oder, wie ihn die Kowalskis meistens nannten, *Glauber Bácsi* – sein. Was aber war mit diesem *Fisch* und diesem *Zug* gemeint, mit diesem *zweiten Leben*?

Binnen weniger Sekunden fiel es Daniel wieder ein. Im Frühling 1971 waren Glauber und der Vater zu einer Geschäftsreise nach Norditalien aufgebrochen, und um Haaresbreite (Damokles!) hätte nur Max die Reise überlebt.

Als Daniel sechzehn oder siebzehn Jahre alt gewesen war, hatte der Vater ihm von Glauber Bácsi und von dieser Reise nach Venetien erzählt. Es war ein trüber Sonntagnachmittag gewesen, leise Worte in der Kellerstube, während monoton der Regen an die Fensterluken klopfte.

Glauber war als Kind deutsch-ungarischer Juden in Budapest aufgewachsen. 1944, als die Nazis auch in Ungarn an die Macht gekommen waren, erhielten seine Eltern vom beherzten schwedischen Gesandten Wallenberg sogenannte *Schutzpässe*, mit deren Hilfe er und seine Mutter das Inferno überstanden – anders als sein Vater, der am Tag vor dem Einmarsch der Russen von Pfeilkreuzlern aufgegriffen, zum Ufer der Donau gezerrt und erschossen wurde.

1956 hatte Glauber sich am ungarischen Volksaufstand beteiligt und war von Agenten des – für seine Grausamkeit berühmten – Staatssicherheitsdienstes ÁVH verhaftet worden. Auf dem Weg ins Hauptquartier des ÁVH, das übrigens noch elf Jahre zuvor das Hauptquartier der Pfeilkreuzler gewesen war, gelang es ihm, die Tür des schwarzen Pobeda zu öffnen; er sprang aus dem fahrenden Wagen und entkam mit letzter Kraft seinen Verfolgern. Wagemutig und gerissen schlug er sich in Richtung Westen durch, um über die Brücke von Andau nach Österreich zu fliehen – zwei Tage bevor sie von Truppenverbänden der Ungarn gesprengt wurde.

Dass Glauber wie auch hundertachtzigtausend andere ungarische Flüchtlinge in Österreich mit offenen Armen empfangen wurde, reichte aus, um seine letzten, durchaus vorhandenen Zweifel an den Tugenden des westlichen Kapitalismus zu zerstreuen: Wenn ein System ein solches Maß an kollektiver Güte produzierte, musste es das ideale Biotop für eine menschliche Gesellschaft sein.

Der schäbigen Wahrheit, die sein persönliches Märchen zwischen den Zeilen trug, verschloss er sich fortan mit grimmigem Trotz: Die Österreicher hatten weniger aus Liebe als vielmehr aus Hass geholfen; ihre vorgebliche Herzlichkeit bescherte ihren alpenländischen Gemütern einen kleinen, hämischen Triumph über den kommunistischen – und deswegen verhassten – Nachbarstaat.

In Wien begann Max Glauber Wirtschaft zu studieren und lernte während eines Mittagessens in der Mensa Paul Kowalski kennen.

Der Vater fand Glauber auf Anhieb sympathisch: ein kleiner, aufgeweckter Mann, humorvoll und schlagfertig. Anscheinend beruhte diese Sympathie auf Gegenseitigkeit. «Was hältst du davon», fragte Glauber ihn nur ein paar Tage später, «wenn wir heiraten?»

«Sehr viel», erwiderte der Vater, dem nach einer ersten Schrecksekunde Glaubers spitzbübisches Grinsen aufgefallen war. «Wie viele Kinder willst du denn?»

«Ich glaub, am Anfang wird uns eines reichen.»

Und so fassten sie den Vorsatz, nach Abschluss des Studiums eine gemeinsame Handelsgesellschaft zu gründen.

Damals, zu Beginn der Sechziger, stieg das westliche Europa wie ein Phönix aus der Asche seines kapitalen Schlaganfalls. Es hatte fünfzehn Jahre seiner Rekonvaleszenz gewidmet, hatte die erlahmte Sprache, die verwüstete Motorik – anfangs unter Mühen, später immer hurtiger und hoffnungsfroher – wiederhergestellt. Fast schon vergessen war die Zeit, in der es sich, zerrissen zwischen Armut, Hysterie und wilden Ideologien, sein eigenes Grab geschaufelt hatte. Auch der große Psychopath aus Österreich und seine kleinen skrupellosen Helfer waren fast vergessen. Was den Kontinent mit einem Mal vereinte, war die neue, ungeteilte Weltanschauung: produzieren, handeln, Geld verdienen.

Im Winter 1961 wurde die Firma Kowalski & Glauber gegründet. Glauber und der Vater hatten lange überlegt, welchem Geschäftszweig sie sich widmen sollten (das Spektrum erfolgversprechender Branchen schien endlos), aber erst durch einen Scherz von Glauber fanden sie die Antwort: «Weißt du, was passiert, wenn hinter dir ein Ungar durch die Drehtür geht? Ganz einfach: Er kommt vor dir wieder raus.»

Kowalski & Glauber – Schranken und Drehtüren stand bald auf den Scheiben des engen Büros in der Währinger Straße. Dass die beiden sich ein eher technisches Metier gewählt hatten, war insofern beachtlich, als Max Glauber allem Maschinellen mit großer Skepsis zu begegnen schien. Noch Jahre später, als der Vater schon sein viertes Auto fuhr, kam Glauber Bácsi nach wie vor zu Fuß zur Arbeit. Wer den eigentlichen Grund dafür nicht kannte, musste denken, Glauber sei ein unverbesserlicher Geizkragen, vielleicht auch eine Art Maschinenstürmer. Doch die Wahrheit sah ganz anders aus: Der kleine Ungar musste einen Pakt erfüllen, ein Bündnis mit dem Schicksal.

Seit seiner Flucht vor den kommunistischen Schergen, seit jenem Tag im November 1956 war Max Glauber in kein Auto mehr gestiegen: Während der schaurigen Fahrt durch die Straßen von Budapest hatte er geschworen, dass er künftig nur noch mit der Bahn, zur Not auch mit dem Bus verreisen würde, falls er die kommende Nacht überlebte. Diesem Gelöbnis folgte er eisern, auch in jenem Frühling 1971, der sich nun in Daniels Erinnerung drängte: Glauber wäre wohl eher zu Fuß nach Italien marschiert, als ebendiesen Fuß in einen Pkw zu setzen. Also biss der Vater in den sprichwörtlichen sauren Apfel, ließ seinen Renault am Bahnhofsparkplatz stehen und machte sich mit Glauber auf die lange, unbequeme Zugfahrt über Innsbruck, Fortezza und Toblach.

Ihr Ziel war Cortina d'Ampezzo im Norden Venetiens. Noch vor dem Ersten Weltkrieg hatte sich Cortina zum mondänen Tummelplatz der österreichisch-ungarischen Aristokratie gemausert, nach dem Zweiten war es – als Austragungsort der Olympischen Winterspiele 1956 – zu Weltruhm gelangt. Da sein Ruf als *Königin der Alpen* aber nach und nach verblasste, hatten seine Stadtväter beschlossen, den Tourismus wiederanzukurbeln. Hauptberuflich Hoteliers und Liftbetreiber, fassten sie die *infrastrukturelle Neugestaltung des Ferienparadieses Cortina* ins Auge, was nichts anderes bedeutete als die Gewährung großzügiger kommunaler Förderungen zur Modernisierung und Erweiterung ihrer eigenen Hotel- und Liftanlagen.

Für zwei Handlungsreisende in Sachen Drehtüren, Drehkreuze und Schranken konnte sich der Ort als Goldgrube erweisen.

Leider ließ sich einer der Gemeinderäte gleich beim ersten Abendessen dazu hinreißen, ein paar abscheuliche KZ- und Judenwitze zu erzählen; wahrscheinlich hoffte er, sich damit bei den Gästen aus dem Norden anbiedern zu können. Während Glauber diese ziemlich oft gepflogene Art des Smalltalks milde lächelnd hinzunehmen pflegte (und dem Kostenvoranschlag im Stillen ein angemessenes Schmerzensgeld hinzuaddierte), stand der Vater kurz davor, die Fassung zu verlieren. Um den zum Greifen nahen Großauftrag nicht in den Wind schreiben zu müssen, nahm ihn Max in einem ruhigen Augenblick beiseite.

«Lass mich das allein zu Ende bringen», raunte er ihm zu. «Sag diesen Schmocks, du hast eine Gastritis, und fahr heim. Wenn du noch länger hierbleibst, kriegst du mir am Ende wirklich noch ein Magenleiden.»

Ohne große Widerrede fuhr der Vater gleich am nächsten Morgen mit dem Bus nach Mestre, wo er in den Zug nach Wien umsteigen wollte. Bis zur Abfahrt des Italien-Österreich-Express blieb noch genügend Wartezeit für einen Bummel durch Venedig: wenigstens ein kleiner Trost für diese ganze sinnlose und anstrengende Reise.

Fest entschlossen, es sich gutgehen zu lassen, setzte sich der Vater in der Nähe der Rialtobrücke in ein Restaurant. Er aß eine Portion *Branzino al finocchio* (Wolfsbarsch mit Fenchel), trank zwei Gläser Wein dazu, bezahlte die im Gegensatz zum Fisch gesalzene Rechnung und stieg dann in ein Vaporetto, um zur Bahnstation zurückzufahren. Schon an der Schiffsstation St. Angelo begann das in Cortina simulierte Magendrücken Wirklichkeit zu werden, und kurz vor dem Guggenheim-Museum übergab er sich in einem hohen Schwall in den Canal Grande.

Eine Weiterfahrt kam nicht in Frage. Unter Schmähungen der anderen Passagiere taumelte er auf dem Markusplatz von Bord und konnte den nun einsetzenden Durchfall gerade noch bis zur Toilette im Foyer des prunkvollen Hotels Danieli zügeln.

Alte Nazis in Cortina, eine veritable Fischvergiftung in Venedig, ein verpasster Zug nach Wien: Das Sprichwort, dass der Teufel immer auf denselben Haufen scheißt, schien sich an diesem 2. Mai eindrücklich zu bestätigen.

Um drei Uhr früh erreichte der Italien-Österreich-Express die Kärntner Grenze. Eine Viertelstunde später fuhr er in den Bahnhof Fürnitz ein, wo er infolge einer falsch justierten Weiche auf ein Nebengleis geriet und ungebremst mit einem über Nacht dort abgestellten Güterzug zusammenstieß. Acht Tote, siebenundzwanzig Schwerverletzte, das war die Bilanz der Katastrophe.

In Venedig herrschte wieder einmal Hochwasser. Der Vater hatte sich für diese Nacht im Danieli eingemietet – eine teure Nacht, wenn man bedachte, dass er sie durchwegs am Klo verbrachte.

Tagelang, erinnerte sich Daniel jetzt, war ihm sein Vater nach der Rückkehr aus Italien bedrückt und schweigsam vorgekommen. Aber weder damals noch an jenem regnerischen Nachmittag acht Jahre später, als der Vater ihm ausführlich von den Vorfällen erzählte, hatte Daniel sich mehr dabei gedacht, als dass es eben eines jener Abenteuer war, die ihren Helden alle Kräfte abverlangen. Eines jener Abenteuer, wie er sie wohl selbst niemals erleben würde.

5.5.1971

Es lässt mich nicht mehr los.
Da setzt mir ein Lokalbesitzer einen Fisch vor, der seit Casanovas Zeiten in der Tiefkühltruhe liegt – und rettet mir damit das Leben. Ein paar Stunden später drückt ein Fahrdienstleiter (vielleicht ist er übermüdet, weil er sich daheim um seine kranke Frau und seine Kinder kümmern muss) auf einen falschen Knopf und reißt acht Menschen in den Tod.
Am Anfang stehen Bagatellen, am Ende Existenzen. Und dazwischen wüten unberechenbare Stürme, die uns an die Klippen unseres Schicksals werfen.
Nicht dass ich mit meinem Leben unzufrieden wäre, nein, ich hatte so viel Glück, dass es schon fast nicht zu ertragen ist: das Glück, von einer Frau gewollt zu werden, die ich liebte (und noch immer liebe!), und mit ihr gesunde Kinder zu bekommen. Und das Glück, in eine Gründerzeit hineinzuwachsen, in der alles, was der Krieg zerstört hat, wiederaufzubauen war. Die letzten Jahre sind nicht ruhig gewesen, aber konstruktiv, es waren Jahre voller Energie und Zuversicht. Ich kann und darf mich nicht beklagen.
Was mich nicht mehr loslässt, ist die Neugier. Es gibt Millionen Welten, die ich niemals kennenlernen werde.

Das war etwas Neues; Daniel konnte es nicht gleich verstehen. Er schluckte, zögerte und blätterte dann hastig ein paar Seiten vor, um festzustellen, dass die Notizen nun im Tagesrhythmus folgten. Offenbar hatte den Vater der Ausgang oder eben Nicht-Ausgang seiner Italienreise tief erschüttert, tiefer, als es Daniel bewusst gewesen war.

6.5.1971

Einmal angenommen, dass ich nicht mehr heimgekommen wäre. Dass ich alle glauben hätte lassen, ich sei in dem Zug gesessen. Abgesehen von allen ethischen Bedenken, abgesehen davon, dass man meine Leiche nicht gefunden hätte (eine grauenhafte Ungewissheit für die Menschen, die mir nahestehen): Nach zwei, drei Jahren hätte man mich doch für tot erklärt. Ich wäre für die alte Welt gestorben, frei für eine neue.

7.5.1971

Wie es sich wohl anfühlen würde, einfach so die Spur zu wechseln? Auf ein anderes Gleis zu fahren? Seit Tagen denke ich an meinen Vater. Weiß ich, dass er wirklich tot ist? Sicher, alles spricht dafür, dass er es ist; ich wüsste nicht, wozu er seinen Tod vortäuschen und sich stillschweigend davonstehlen hätte sollen. Nach Israel, wo er den Juden heute noch am ehesten beim Straßenwaschen zusehen könnte, wäre er im Leben nicht gegangen, nicht in diesem und in keinem anderen. Aber wissen, wirklich wissen kann ich es nun einmal nicht. Man hat ihn nie gefunden.

Daniel konnte seine Augen nicht mehr von den Seiten wenden; er las fieberhaft, im Flackerlicht der Kerzen tief über das Heft gebeugt.

8.5.1971

Und ich? Wo würde ich in einem anderen Leben hingehen? Nach Nigeria, den hungernden Biafra-Kindern helfen? Nach Brasilien, zu den letzten Eingeborenen im Regenwald? Nach Tibet, in ein Kloster, meditieren? Oder am Ende nach Tirol, zum Rainerhorn, um meinem Vater nachzuspüren?
Gedankenspielereien. Ich bin ja kein Soziopath, der seine Frau und seine kleinen Kinder einfach so verlassen würde.
Aber es beschäftigt mich. Rein theoretisch. Leider gibt es niemanden, mit dem ich darüber reden kann. Die Buben sind zu klein, und Miriam würde alles missverstehen, sie würde es persönlich nehmen. Max? Der ist für solche Hirngespinste zu pragmatisch. «Warum soll man in die Wüste ziehen, wenn man die sichere Oase schon gefunden hat?», so etwa würde er es formulieren.
Wahrscheinlich ist es das: Ich glaube nicht mehr an die sichere Oase. Sicher ist man höchstens in sich selbst.

Die Worte klangen nach; ein Echo, das nicht leiser wurde und verebbte, sondern wie von einem Schalltrichter gebündelt anschwoll, wild in Daniels Kopf pulsierte und ihm durch den ganzen Körper strömte.

Nur mit Mühe – seine Hände zitterten – gelang es ihm, den Rest des Tagebuchs zu überfliegen. Viele Niederschriften waren es nicht mehr, und sie kommentierten nur noch stichwortartig einige der größeren Familienereignisse der Siebziger: den Tod Daniils in Ma'alot zum Beispiel oder Georgs Schulabschluss im Frühjahr 1978.

Nur der letzte Eintrag unterschied sich von den anderen:

16.10.1979

Unser Haus ist nicht mehr unser Haus. Das macht mich traurig, hauptsächlich für Miriam. Sie wird lernen müssen loszulassen. Daniel und Georg werden leichter mit dem Abschied klarkommen, sie sind ja fast erwachsen, auf dem Sprung in ihr eigenes Leben.
Lange wird es nicht mehr dauern. Und es ist wahrscheinlich gut so. Denn für jede Tür, die zuschlägt, gehen achtundsechzig neue auf.

Die herbstliche Pusteblume
(Löwenzahn, Taraxacum officinale)
stand völlig deplatziert

im englischen Rasen.
Wie war es möglich,
dass sie der nachlässige Gärtner
wochenlang übersehen hatte?
Da störte sie nun
mit ihrem andersartigen Aussehen
die schöne Gleichförmigkeit
der einheitlichen Grashalme.
Ein Mann machte dem unerträglichen Anblick
ein Ende.
Er riss die Pusteblume aus.
War er Gott?
Nein, er war nicht Gott.
Oder doch?
Als die achtundsechzig Samenfallschirme
auf den englischen Rasen herabschwebten,
ertönte unhörbar
– kaum hörbar –
achtundsechzigfaches Gekicher.

Erwachen

Er setzte an und trank mit einem Zug die Flasche leer. Als er versuchte aufzustehen, geriet er aus dem Gleichgewicht und sackte wieder auf den Boden. Erst nach einer Weile kam er auf die Beine, schleppte sich benommen zur Balkontür, riss sie auf. Er brauchte Luft.

Die Sterne, die Gedanken: Chaos.

Gegen das Geländer des Balkons gelehnt, ließ Daniel den Blick über den Himmel schweifen. Damals, nach dem Tod des Vaters, war ihm aufgefallen, dass es nur wenige Sternbilder gab, deren mit freiem Auge sichtbare Gestirne man durch drei teilen konnte. Zwischen Widder und Andromeda befand sich aber eines, das den schlichten Namen *Dreieck* trug: ein Musterfall an Ordnung, ein Leitbild für das ganze Universum, auch das Universum der Gedanken.

Heute konnte ihm *Triangulum* nicht weiterhelfen. Zu verwirrend war der Blick in seinen eigenen Kosmos, in das Labyrinth einander widerstrebender Empfindungen. Vor allem eines der Gefühle überraschte und verstörte ihn, vielleicht, weil er sich nicht daran erinnerte, es je in dieser Form verspürt zu haben: Euphorie.

Er musste sich beruhigen. Musste seine Schlüsse möglichst nüchtern ziehen. Nach zwei Bouteillen Wein kein leichtes Unterfangen.

Fest stand, dass der Vater Phantasien über seinen vorgetäuschten Tod entwickelt hatte. Dass er, wenn auch, wie er schrieb, *rein theoretisch*, damit kokettiert hatte, aus seinem Leben auszusteigen, um an einem anderen Ort ein völlig neues zu beginnen.

Vorstellungen dieser Art waren Daniel nicht fremd. Er hatte früher oft darüber nachgedacht, dass jede Form der Existenz nur einen winzig kleinen Stein im Mosaik der nicht gelebten Möglichkeiten bildete, dass jeder eingeschlagene Weg nur einer unter Myriaden anderer, nie beschrittener Wege war. Sobald man seine Wahl getroffen hatte, schloss man alle anderen Wahlen, die man hätte treffen können, aus. Der Mensch war einem pausenlosen Abschied unterworfen, einem dauernden Verzicht auf nie gekannte Daseinsvarianten.

Ja, es war ein reizvoller Gedanke: Einmal nur die Weichen anders stellen als im Fahrplan festgeschrieben, einmal nur sich für das Unerwartete entscheiden …

Dass man über solche Phantasien besser schwieg – besonders gegenüber seinen Angehörigen, die einen liebten und auf einen bauten –, lag für Daniel auf der Hand. Alleine die Idee, seine Familie aus freiem Willen zu verlassen, war, erst einmal kundgetan, vernichtend. Das Schicksal mochte einem vieles nehmen können, aber das Vertrauen (mit Ausnahme vielleicht des Gottvertrauens) entzog sich seinem Zugriff. Das Vertrauen konnte nur der Mensch zerstören, dem man es entgegenbrachte.

Trotzdem fühlte Daniel sich von dem, was er gelesen hatte, nicht enttäuscht oder zurückgestoßen. Er verstand den Vater; er verstand nicht nur sein Schweigen, sondern auch seine Zerrissenheit, sein inneres Ringen zwischen Neugier und Verantwortung, dem Reiz des Unbekannten und der Liebe. Schließlich ging es ja auch nur um Utopien, um träumerische Denkfiguren: *Ich bin ja kein Soziopath, der seine Frau und seine kleinen Kinder einfach so verlassen würde.*

Daniel zündete sich eine Zigarette an.

Ich bin ja kein Soziopath, der seine Frau und seine kleinen Kinder einfach so verlassen würde … 1971 hatte der Vater das niedergeschrieben, aber dreizehn Jahre später hatte er die Mutter, ihn und Georg doch verlassen. Dreizehn Jahre: eine lange Zeit, die vieles ändern konnte. Haare wurden grau und Kinder groß, die Leidenschaften ebbten ab, versickerten oder verloren sich im monotonen Strom vertrauter Zuneigung.

Die kleinen Kinder einfach so verlassen … Lag denn die Betonung hier nicht auf dem Wörtchen *kleinen*? Auf den *kleinen* Kindern? Schließlich stand im letzten, acht Jahre danach verfassten Eintrag: *Daniel und Georg werden leichter mit dem Abschied klarkommen, sie sind ja fast erwachsen …*

Daniel war aufgewühlt. Die Frage hörte nicht mehr auf, in seinem Kopf zu kreisen, und die Antwort, wenigstens die potenzielle Antwort, war so ungeheuerlich, dass sie ihn regelrecht elektrisierte: kleine Stromschläge, die ihm bis in die Fingerspitzen züngelten. Er konnte nicht mehr stillhalten und lief zwischen den Gitterstäben des Balkongeländers hin und her, ein Tier in einem viel zu engen Käfig.

Fast erwachsen … Abschied … Lange wird es nicht mehr dauern …

1983, ein paar Monate nach Georgs zweiundzwanzigstem Geburtstag, war der Vater mit ihm nach Berlin gereist, ein Jahr darauf mit Daniel nach Venedig. Jubiläumsfahrten also, wie zur Feier ihres endgültigen Eintritts ins Erwachsenenalter, ihres Abschieds von der Jugend. Aber ging es wirklich nur um diesen Abschied? Waren diese Reisen nicht vielmehr ein grundsätzliches Lebewohl gewesen?

Überhaupt Venedig. Warum ausgerechnet diese Stadt besuchen, in der ihn ein Zufall vor der Katastrophe an der Kärntner Grenze, vor der Invalidität, vielleicht auch vor dem Tod gerettet hatte – und in der ihm erstmals die Idee von einem vorgetäuschten Tod gekommen war?

«*Ich* bin es, der zu danken hat», murmelte Daniel. Wie nachdenklich der Vater diese Worte ausgesprochen hatte, damals auf Torcello, drei Tage vor seinem

Tod. Und dann noch einmal, leise, aber eindringlich: *Ich bin es, der zu danken hat.*

Die Zeichen waren nicht zu übersehen, und Daniel, verblüfft, sie nicht schon früher ausgemacht zu haben, griff sich an die Stirn. Die Rückkehr aus Venedig kam ihm in den Sinn, der Vorschlag des Vaters, die Reise mit einem gemeinsamen Frühstück ausklingen zu lassen. Hatte er sich Daniel vielleicht anvertrauen wollen? Dem Sohn die Chance geben, ihn von einem Vorhaben zurückzuhalten, das man nur als wahnwitzig bezeichnen konnte? Hatte er am Ende doch Bedenken wegen seines Plans gehabt?

Zwei Flaschen Wein waren heute Abend nicht genug. So aufgekratzt und übermütig, wie er sich zuletzt als kleines Kind gefühlt hatte, lief Daniel zurück ins Stiegenhaus; er polterte – zwei Stufen auf einmal – die Treppe abwärts, um noch eine weitere Bouteille aus dem Kofferraum zu holen. Minuten später lag er mit der Flasche in der Hand im feuchten Gras und breitete die Arme aus, den Sternenhimmel in den Augen, in der Brust ein wildes Jauchzen.

Nein, der Vater war nicht tot.

Es konnte gar nicht anders sein: Er war am Leben, irgendwo auf dieser Welt, und sah dieselben Sterne, atmete die gleiche Luft wie Daniel. Er hatte weder einen Herzinfarkt gehabt noch hatte er sich umgebracht – für einen Selbstmord war er viel zu neugierig gewesen.

Paul Kowalski lebte.

Freilich musste es ihm irgendwie gelungen sein, sich eine Droge zu beschaffen, die ihn tot erscheinen ließ, ein Mittel wie in Romeo und Julia, das ihn in einen tiefen Schlaf versetzte und den Herzschlag so verlangsamte, dass sich sogar der Notarzt davon täuschen ließ. Vielleicht hatte der Arzt die falsche Diagnose ja auch absichtlich gestellt, vielleicht war er ein alter Freund des Vaters oder ein Bekannter, der ihm etwas schuldete. Vermutlich hatte ihm der Vater Geld geboten, ihn bestochen.

Hauptsache, er lebte.

Damals, an dem Tag, der Daniels Jugend so abrupt beendet hatte, war er vorzeitig aus dem Büro gekommen – ein Büro, von dem er wusste, dass er es nie wiedersehen würde. Und er hatte rote Rosen für die Mutter mitgebracht, aus Dank und Zuneigung und weil er wusste, dass er sie nie wiedersehen würde.

Sie wird lernen müssen loszulassen ...

Logisch auch, dass er an jenem Abend nichts gegessen hatte: Welches Anästhetikum auch immer er genommen haben mochte, die korrekte Dosis zu berechnen, musste schwer genug gewesen sein, auch ohne vollen Magen.

Die Erkenntnis überschwemmte Daniel in immer neuen, heißen Wellen. Nur eines konnte er sich nicht erklären: die *Achtundsechzig*, die der Vater in seinem Gedicht verwendet hatte. *Achtundsechzig Samenfallschirme* ... Vielleicht war diese Zahl ja willkürlich gewählt, sie konnte aber ebenso gut von Bedeutung sein: Zum Zeitpunkt seines vorgeblichen Todes war der Vater sechsundvierzig Jahre alt gewesen, Daniel zweiundzwanzig. Wenn man diese Zahlen addierte, kam man auf die Achtundsechzig. Wollte er auf diese Weise den Termin markieren, den er für seinen Abschied vorgesehen hatte? Daniel nahm sich vor, den Vater darauf anzusprechen – eines Tages. Und das hieß: sobald er ihn gefunden haben würde.

Das Adrenalin in seinem Körper trieb ihn dazu aufzustehen. Zwei-, dreimal stolperte und stürzte er, verstauchte sich das Handgelenk, schlug sich den Schädel blutig: unbedeutende Verletzungen, sie waren ihm egal, er spürte seinen Körper nicht, er spürte nur die alte innere Zerrissenheit, das alte Ringen zwischen Sehnsucht und Entmutigung. Er hatte diesen Schmerz seit Jahren nicht mehr so stark empfunden, diesen ziehenden Phantomschmerz in der Brust, den Hunger eines Süchtigen nach seiner Droge.

Erst nach gut zwei Stunden machte er sich schwer betrunken auf den Weg zurück ins Haus; die leere Flasche ließ er auf dem Rasen liegen.

Sechs Milliarden Menschen lebten mittlerweile auf der Welt, ein Ozean aus Menschen, und inmitten dieses Ozeans ein Regentropfen: Daniels Vater. Ihn zu finden, ehe er tatsächlich starb, schien nahezu unmöglich. Daher auch der Schmerz, die frisch erwachte Sehnsucht, die Entmutigung: eine Gemütslage, vergleichbar mit den Qualen des Tantalos.

Der Rausch trieb die Gedanken ungezügelt vor sich

her, und Daniel brach plötzlich in Gelächter aus. Die letzten dreizehn Jahre kamen ihm auf einmal wie ein kapitaler Scherz vor, wie eine Verwechslungskomödie, bei der das Publikum sich umso besser amüsiert, je mehr die Hauptdarsteller leiden. Dass sein Leben einen völlig ungeplanten Lauf genommen hatte, weil es wegen einer falsch gestellten Weiche auf ein falsches Gleis geraten war, empfand sogar er selbst zum Schreien komisch.

Als er nach gefühlten zehn Sekunden, die wohl an die zehn Minuten dauerten, den Weg zurück über die Treppe in den ersten Stock gefunden hatte, nahm er noch einmal das Tagebuch zur Hand. Das Lesen fiel ihm schwer, die Buchstaben verschwammen, doch den letzten Eintrag – das Gedicht des Vaters – konnte er gerade noch entziffern.

War er Gott?
Nein, er war nicht Gott.
Oder doch?

Nach einer langen Nacht – im Osten zeigte sich bereits der erste Silberstreif am Himmel – wichen Jubel und Verzweiflung einer großen Müdigkeit. Die Beine an die Brust gezogen und in Marions Decke eingerollt, lag Daniel auf dem Boden. Seine Augen waren gerötet und verklebt, das Blut an seiner Stirn war schon vor Stunden eingetrocknet.

Mit der rechten Hand hielt er das Tagebuch des Vaters fest an sich gedrückt, die linke schloss sich um den Hörer des altehrwürdigen schwarzen Telefons. Er hatte ihn noch lange Zeit ans Ohr gehalten und hineingelauscht. Was immer er zu hören erwartet hatte, in der Muschel war es still geblieben.

Daniel schlief. Er träumte den Geruch von Aftershave und eine warme raue Stimme.

Teil 2

2008

Die Möwe tappt mit fluchtbereit gespreizten Flügeln über den Asphalt. Sie setzt die Schritte zögernd, wie auf heißen Kohlen. Zugleich markiert sie Teilnahmslosigkeit, dreht ihren Kopf nach links und rechts, als würde sie der kleine Gegenstand, auf den sie zusteuert, nicht im Geringsten interessieren. Zwei Meter trennen sie noch von dem Ding, das vor ihr auf dem Boden liegt und in der Sonne glitzert.

Es ist ein Amulett, ein tropfenförmiges Stück Glas, in dessen Mitte eine rote Rose eingeschlossen ist. Vielleicht hat ein Tourist den Anhänger verloren.

Die Möwe macht nun einen Ausfallschritt, wie um dem Tropfen ausweichen zu wollen, zuckt dann aber schnell zur Seite, reißt den Schnabel auf und schnappt danach. Im Tempo eines Diebes auf der Flucht läuft sie zum Rand des Piers, hebt an der Kante ab und schraubt sich in den Himmel. Sie nimmt Kurs nach Süden, gleitet über die Lagune hin. Man kann sie noch weit draußen sehen, der Anhänger in ihrem Schnabel glänzt verräterisch. Doch dann, ganz plötzlich, lässt sie ihre Beute los. Der Tropfen fällt dem Meer entgegen und verschwindet in den Fluten.

Wartezeit

Mit einem tiefen Atemzug ließ Marion die Frühlingsluft in ihre Lungen strömen, und für einen Augenblick empfand sie ein vollkommenes, von allem Denken losgelöstes Hochgefühl.

Ein warmer Samstag strahlte über dem Sestiere Cannaregio. Daniel hatte seinen Fotoapparat in der Pension gelassen, weil er, wie er beim Frühstück mit schamhaftem Grinsen erklärt hatte, *am Sabbat nicht mit einer Kamera durchs Ghetto latschen wollte*, und so war auch Marion mit einem Lächeln, aber ohne ihren Rucksack aufgebrochen.

Wunderschön war der venezianische April. Die Hauptsaison hatte noch nicht begonnen, und man konnte durch die Gassen schlendern, ohne sich dem Tempo der Touristenströme anpassen zu müssen. Die Kanäle träumten vor sich hin, der Himmel strahlte wolkenlos, zum Glück, denn ungeachtet aller talmudischen Regeln hätte Marion sonst einen Regenschirm auf den Spaziergang mitgenommen. Schade nur, dass Michael und Anna wegen ihres Studiums in

Wien geblieben waren (Michael studierte Informatik, Anna Wirtschaftswissenschaften); beide standen kurz vor ihren Abschlussprüfungen und widmeten sich ihren Skripten. Nicht einmal an diesem Wochenende konnten sie sich eine Pause gönnen, dabei hatten sie doch heute ihren zweiundzwanzigsten Geburtstag. Marion würde sie am Abend anrufen und ihnen alles Gute wünschen.

Es war schon erschreckend, dachte sie, wie rasch die Zeit an einem und man selbst an ihr vorübereilte. Wie sie einen aufblühen, reifen und verwittern ließ. Man konnte eine Weile in ihr schwelgen und sich großzügig an sie verschwenden, oder auch versuchen, ihr mit Schweiß und Selbstbescheidung ein paar zusätzliche Jahre abzutrotzen, wie es nun einmal der Mode des dritten Jahrtausends entsprach. Das rechte Maß zwischen Askese und Delirium zu finden, war in Marions Augen fast so schwierig wie *ein bisschen schwanger* werden.

Daniel freilich hatte diesen Drahtseilakt bewältigt. Ohne die Verkniffenheit der meisten konvertierten Trennkost-, Workout- und Entsagungsfundamentalisten hatte er mit vierzig aufgehört zu rauchen und sich gleichzeitig in einem Fitnesscenter eingeschrieben, das er seither einmal wöchentlich besuchte. Marion verfolgte diesen Wandel mit verhaltener Erleichterung – Erleichterung, weil sie als Krankenschwester vorbelastet war, verhalten, weil sie wusste, dass ein Übermaß an Zuspruch leicht in Trotz und Abwehr münden konnte. Es gab Grenzen, die man besser respektierte, auch nach dreiundzwanzig Jahren des Zusammenlebens: Schließlich war sie Daniels Frau, nicht seine Mutter oder Gouvernante.

Angefangen hatte seine Wesensänderung schon vor elf Jahren, und Auslöser war zweifellos die Nacht in seinem Weidlingbacher Elternhaus gewesen. Schwere Zeiten waren mit dieser *Weidlingbacher Episode* angebrochen: Marion hatte wochenlang mit ansehen müssen, wie sich Daniel gegen einen Wahnsinn sträubte, den sie medizinisch nicht benennen konnte. Ihre standhaften Versuche, ihm zu helfen, hatten nichts genützt, im Gegenteil, am Ende war sie selbst beinahe wahnsinnig geworden.

Blutverkrustet und von Kopf bis Fuß verdreckt war er am Morgen heimgekommen; seine Kleider hatten nach Urin und Alkohol gestunken. Marion hatte in der Klinik angerufen und sich krankgemeldet, während sie die Kinder, die an diesem Tag tatsächlich krank waren, aus ihren Betten trieb und in die Schule schickte, um ihnen den Anblick ihres Vaters zu ersparen. Daniel war im wahrsten Sinn des Wortes außer sich gewesen: Durch die Türen konnte man ihn leise Selbstgespräche führen hören, regelrechte Dialoge, die er unterbrach, sobald jemand den Raum betrat. Nachdem er gut zwei Stunden in der – leeren! – Badewanne mit sich selbst gestritten hatte, fragte Marion ihn behutsam, was ihm zugestoßen sei. Er starrte vor sich hin und schüttelte den Kopf und schwieg. Sie konnte ihm kein Wort entlocken; erst als sie den Wasserhahn geöffnet und das Bad verlassen hatte, hörte sie ihn mit gedämpfter, undeutlicher Stimme weiterdiskutieren.

Am nächsten Tag war es nicht anders, und auch nicht am übernächsten. Nur in Daniels Bemühen, sich wenigstens in Gegenwart der Kinder zu beherrschen, lag für Marion ein Hoffnungsschimmer: Er war hin- und hergerissen zwischen zwei diametralen Welten – dem realen Hier und einem ungreifbaren Dort –, was immerhin bedeutete, dass er noch in der Lage war, das Hier vom Dort zu unterscheiden.

Trotzdem kam es immer wieder zu beunruhigenden Zwischenfällen. Einmal überraschte sie ihn, als er, einen Hammer in der Hand, durchs Zimmer kroch und die Parketten abklopfte, als suche er geheime Hohlräume unter dem Boden. Auch das Innenleben des zerschlissenen grünen Sofas und die Rückwand der Kommode schienen ihn zu interessieren; er tastete und schabte, rüttelte und lauschte an den alten Möbeln, bis er Marion bemerkte, die ihm mit besorgter Miene dabei zusah.

«Wäre an der Zeit, die Stücke einmal ordentlich zu restaurieren», sagte er im Tonfall des versierten Heimwerkers.

Ein anderes Mal begegnete sie ihm im Hausflur, als er eben auf die Straße treten wollte. Er trug einen großen Lederkoffer, und er hatte seine schon seit Jahren nicht mehr benutzten Wanderschuhe angezogen.

«Musst du fort?» Sie sah ihn lange an.

«Nein, ich … Ich habe nur … Ich wollte ein paar alte Kleider bei der Sammelstelle abgeben. Entschuldige.»

«Entschuldige wofür?»

«Für …» Daniel rang mit den Worten. «Einfach nur Entschuldige. Ich weiß, es ist nicht leicht mit mir.» Er machte kehrt und trug den Koffer wieder in die Wohnung.

«Du brauchst Hilfe», sagte sie, nachdem er seine Wäsche in den Schrank zurückgelegt hatte. «Professionelle Hilfe, meine ich. Mit mir willst du nicht reden, und ich kann dich auch nicht dazu zwingen, aber … Irgendwem musst du dich anvertrauen.» Sie sah ihn schweigend an. «Ich halte das bald nicht mehr aus», fügte sie dann hinzu.

Er gab zwar keine Antwort, starrte wortlos auf den Boden, doch er nickte zwei-, dreimal. Nach einer Weile schlich er aus dem Raum, und kurz darauf vernahm sie aus dem Nebenzimmer seine Stimme. Er telefonierte.

Marion hatte keine Ahnung, wen er angerufen hatte, aber sie nahm an, dass es ein Psychiater oder Psychotherapeut gewesen war. Denn schon am nächsten Tag ging Daniel, diesmal ohne Koffer, aus dem Haus, und als er abends heimkam, war er wie verwandelt. Er nahm Michael und Anna in den Arm und drückte sie an sich, und als die Kinder schliefen, strich er Marion übers Haar und gab ihr einen langen Kuss.

«Du musst dir keine Sorgen machen», sagte er, «es ist jetzt alles gut.»

«Nach *einer* Sitzung?», fragte sie.

Er stutzte. Lachte schließlich auf und nickte. «Ja, nach einer Sitzung.»

Marion hatte dieses Lachen wochenlang nicht mehr gehört. Sie hatte auch schon wochenlang nicht mehr mit Daniel geschlafen. Was sich heute in der Welt ereignet hatte oder wie das Wetter morgen werden würde, war nicht von Belang; der Fernsehapparat blieb für den Rest des Abends ausgeschaltet.

In den nächsten Monaten wich Marions latente Angst vor einem Rückfall einem zunehmenden Optimismus: Daniels Psychose schien tatsächlich dauerhaft besiegt zu sein. Er half den Kindern bei den Hausaufgaben, brachte Anna zur Ballettstunde und Michael zum Fußballtraining, kaufte ein und kochte auf, und all das tat er mit Elan und guter Laune, kurz gesagt: Er kümmerte sich voller Hingabe um den sensiblen Organismus des Kowalski'schen Familienlebens.

Hatte sich die Krise also langfristig als reinigend erwiesen, blieb sie doch ein Thema, über das die beiden lieber schwiegen. Diese stille Übereinkunft wurde nur ein Mal gebrochen, nämlich Ende 1999, als sie die Silvesternacht in Osttirol verbrachten. Nicht dass Daniel je ein Freund von großen Worten oder guten Vorsätzen gewesen wäre, aber an der Schwelle zur Jahrtausendwende schien er diese Regel mit der sprichwörtlichen Ausnahme bestätigen zu wollen.

«Entschuldige noch einmal», sagte er, bereits vom Sekt beschwipst, «dass ich dich damals angelogen habe.»

Marion, die auch nicht mehr ganz nüchtern war, verzog den Mund zu einem Lächeln. «Erstens warst das gar nicht du, sondern ein anderer, und zweitens: angelogen? Wieso angelogen?»

«Weil ich gar nicht auf dem Weg zur Kleidersammelstelle war.»

«Als ob ich das nicht wüsste.»

Daniel senkte schuldbewusst den Kopf und zog die Augenbrauen hoch. «Ich will dir was versprechen. Nämlich … dass ich dich nie mehr belügen werde. Jedenfalls im Lauf des kommenden Jahrtausends nicht.» Er hob die Sektflöte, um mit ihr anzustoßen.

«Und? Verrätst du mir, wo du mit deinem Koffer wirklich hinwolltest?»

Er dachte eine Weile nach. «Ich wollt mich einfach auf die Suche machen. Etwas … wiederfinden.»

«Aber was?»

«Mich selbst. Mein Spiegelbild. Meine verlorene Besinnung.» Er betrachtete das Glas in seiner Hand, die Bläschen, die nach oben schwirrten und zerplatzten, trank dann kurz entschlossen einen Schluck und grinste. «Dass ich angesichts des großen Zeitenwechsels feierlich der Lüge abschwöre, bedeutet aber nicht, dass ich mich auch von meiner maßlos männlichen, geheimnisvollen Aura trenne. Sonst verlierst du eines Tages noch das Interesse.»

Marion zog ihn an sich. «Hauptsache, du kriegst den Mund noch hin und wieder auf, und sei es nur, um mich zu küssen.»

Den Silvesterausflug in die Hohen Tauern hatte Daniel vorgeschlagen. Michael und Anna waren zum ersten Mal allein in Wien geblieben, um mit ihren Freunden *abzuhängen*, und entgegen Marions Befürchtung, in der Klinik Dienst schieben zu müssen, durfte sie drei Tage Urlaub nehmen.

Das verschneite Tal, rundum die mächtigen Gebirgsmassive, ein fast unhörbares Rauschen in der Luft, das Knirschen ihrer Schritte, Atemwölkchen. Und an ihrer Seite Daniel. Ein frischer, jugendlicher Daniel, der kaum genug bekommen konnte von der Landschaft, von den Menschen. Der mit offenen Augen durch die Gegend ging und Fotos machte und sich voller Neugier mit den Einheimischen unterhielt.

Dabei war diese Tour nur eine kleine unter vielen größeren gewesen, die sie seit der *Weidlingbacher Episode* unternommen hatten. Nach Paris und Amsterdam, Berlin und Barcelona waren sie gefahren, beinahe ganz Europa hatten sie bereist, zunächst noch mit den Kindern, später dann zu zweit. In den vergangenen Jahren hatte sich ihr Radius erweitert: Bis nach Tibet waren sie gekommen; trotz der überwältigenden Bilder drei zum Teil bedrückende und strapaziöse Wochen, die ein kapitales Loch in ihr Budget gerissen hatten.

Heuer, Mitte Februar, war Daniel endlich auch bei seinem Bruder Georg in Amerika gewesen – ausnahmsweise ohne Marion, aber dafür mit den Kindern, die zu dieser Zeit Semesterferien hatten. Nach der Heimkehr aus Los Angeles hatte Daniel berichtet, dass sein Bruder in der Klemme steckte, ja dass er dabei war, alles zu verlieren: die Arbeit und das Haus, die wenigen Ersparnisse, die beiden Autos und – infolge dieser materiellen Auflösungserscheinungen – auch seine Frau.

Natürlich sorgte Daniel sich um Georg. Marions Vorschlag aber, sich ein wenig einzuschränken (etwa bei den vielen Urlaubsreisen), und das so Ersparte seinem Bruder zukommen zu lassen, lehnte er entschieden ab. «Du kennst ihn nicht», war seine Antwort.

«Weil er dich vor einer halben Ewigkeit im Stich gelassen hat, willst du ihm jetzt nicht aus der Patsche helfen? Das ist dreiundzwanzig Jahre her!»

«Das ist auch nicht der Grund», gab Daniel zurück. «Du hast ihn vielleicht zwei-, dreimal gesehen, aber du kennst ihn eben nicht; der Einzige, der ihn aus der Affäre ziehen kann, ist er selbst, und darin ist er sogar ziemlich gut – zumindest was sein Repertoire an Ausreden betrifft. Aber sobald ein anderer ihm unter die Arme greift, lässt er sie hängen. Schon als Kind hat er sich immer ruck-zuck seinen ganzen Anteil Schokolade in den Wanst gestopft und mir dann meinen weggefressen, weil er nichts mehr übrig hatte. Georg und

Amerika, das sind zwei Großbaustellen, das ist … die Krise zum Quadrat.»

Das Thema war damit erledigt, jedenfalls für Daniel. Er setzte sich an den Computer, wahrscheinlich um Fotos zu bearbeiten, vielleicht auch, um per Internet die nächsten Urlaubsziele zu erforschen.

Seine alten Vorbehalte gegen das Verreisen schienen vollständig verflogen, und er blühte förmlich auf, wenn er mit Marion durch die Straßen fremder Städte ging, Museen und Restaurants besuchte, Kathedralen besichtigte und auf den Märkten ins Gewühl der Menschen tauchte. Hin und wieder schlug er eine Pause vor, dann setzten sie sich in den Gastgarten eines Cafés, auf eine Parkbank oder auf die Stufen einer Kirche, und er saugte mit geschlossenen Augen die Gerüche und Geräusche in sich auf.

So wie auch jetzt, an diesem hellen Tag, auf dieser weißen Brücke in der Nähe der Chiesa di San Geremia. Von Nordosten strich ein Windhauch den Kanal entlang, ein frischer Duft nach Salz und Meer, nach Freiheit.

Morgen, dachte Marion ein wenig traurig, würde es vorbei sein: Daniel hatte einen Fotoauftrag übernommen, eine gutbezahlte Arbeit, derentwegen sie ja überhaupt erst hergekommen waren. Von einer deutschen Reedereigesellschaft dazu angeheuert, eines ihrer Kreuzfahrtschiffe abzulichten – nicht nur vor den Dächern von Venedig, sondern auch vor jenen

Korfus, Baris, Dubrovniks und Zadars –, würde er sich morgen früh an Bord der *Ocean Fantasy* begeben und dann eine Woche lang die Adria durchkreuzen. Marion dagegen musste mit dem Zug nach Wien zurück, sie hatte übermorgen wieder Dienst.

Noch aber war es nicht so weit, noch lehnten sie gemeinsam an der Brüstung, Arm in Arm, und streckten die Gesichter in die Frühlingssonne.

«Woran denkst du?», fragte Marion.

Er öffnete die Augen, träge wie ein altes Tier nach einem langen Winterschlaf. «Ich weiß zwar nicht warum, aber … an meine Mutter», sagte er.

Die Mutter war vor zehn Jahren gestorben, kurz nachdem sich Daniels Geistesstörung so abrupt verflüchtigt hatte. Mitte Jänner 1998 war er noch zu ihr ins Pflegeheim gefahren, und Marion hatte ihn begleitet: ein Besuch, den sie wohl nie vergessen würde, weil er sich von allen früheren Besuchen unterschied – auf eine schöne, anrührende Weise unterschied. Sie war es ja gewohnt, dass Daniel sich in Gegenwart der Mutter steif und distanziert benahm, als könnte ihm die stumme Frau in ihrem Rollstuhl irgendwie gefährlich werden. Aber damals war er nicht so kühl gewesen, damals hatte er sich neben sie gesetzt und ihre Hand genommen und mit ihr gesprochen. Und obwohl sich Marion abseits gehalten hatte, um den flüchtigen Moment nicht zu zerstören, war doch das eine oder andere Wort zu ihr gedrungen.

«… gar nicht deine Schuld, das weiß ich jetzt … und dabei habe ich geglaubt … das tut mir wirklich leid, Mama …»

Am selben Abend hatte Marion ihn gefragt, was diese Worte zu bedeuten hatten, aber Daniel war dem Thema ausgewichen. Sie wusste, dass es sinnlos war zu insistieren, denn unter Zwang war meistens gar nichts mehr aus ihm herauskriegen. Wahrscheinlich stand das Gespräch mit alten Mutter-Sohn-Konflikten und mit nie verheilten Kindheitswunden in Zusammenhang. Gut möglich, dass ihn seine ominöse Therapiesitzung zu diesem Brückenschlag bewogen hatte. Wie auch immer, jedenfalls war diese plötzliche Annäherung an seine Mutter keinen Augenblick zu früh erfolgt.

Denn schon am nächsten Morgen hatte Daniel einen Anruf aus dem Heim erhalten: Seine Mutter war, so formulierte es der diensthabende Arzt, im Lauf der Nacht *ganz ruhig entschlummert*.

Marion betrauerte die stumme, alte Frau, und ihr fiel auf, dass sich ihr Kummer ehrlicher und klarer anfühlte als seinerzeit, beim Abschied, den sie von den eigenen Eltern hatte nehmen müssen. Freilich hinkte der Vergleich: Ihr Vater, seines Zeichens Forstarbeiter in der Nähe von Sankt Pölten, war von einem Baum erschlagen worden, als sie keine sieben Jahre alt gewesen war, und ihre Mutter, überfordert vom Alleinerziehen, Alleinverdienen und Alleinsein, hatte sie über die Ferienzeit zu den Eltern des Vaters nach

Wien geschickt. Diese Ferien dauerten lange; sie waren erst vorbei, als Marion zehn Jahre später in die Krankenpflegeschule eintrat und ins angeschlossene Studentenwohnheim übersiedelte.

Sie hegte keinen Groll auf ihre Mutter, hielt sogar gelegentlichen telefonischen Kontakt mit ihr – die Mutter hatte noch einmal geheiratet und war mit ihrem Mann nach Kanada gezogen. Marion räumte ihr nicht mehr Bedeutung ein als einer Jugendfreundin, der man ab und zu ein Lebenszeichen sendet, um sie nicht für immer aus den Augen zu verlieren.

Ein Motorkahn, beladen mit Gemüse, fuhr gemächlich den Kanal entlang. Am Heck der Fahrer, jung und muskulös, im Mundwinkel die obligate Zigarette. Vor der Brücke nahm er einen letzten Zug und schnippte den Stummel ins Wasser.

«Wollen wir weiter?», fragte Marion.

Daniel nickte, machte aber keine Anstalten zu gehen. Behäbig blinzelte er in die Sonne, legte dann den Arm um Marions Taille und zog sie sanft an sich.

Wie grundverschieden sie doch waren, dachte Marion. Kein Wunder, schließlich hatten sie als Kinder denkbar unterschiedliche Erfahrungen gemacht. Im affektiven Dickicht eines ganz normalen Elternhauses hätte sie vermutlich eine andere Entwicklung genommen, während Daniel an ihrer Stelle eben auch ein anderer geworden wäre. Einer, der nicht so viel grübelte und den seine Vergangenheit nicht so beschäftigte, ein Mann mit einer breiten Brust und Schwielen an den Händen statt mit dunklen Augen voller Fragen.

Marion beneidete ihn nicht um sein Gemüt. Es brachte innere Qualen mit sich, auf die sie gern verzichtete: seine Verzweiflung zum Beispiel, als sie ihm vor dreiundzwanzig Jahren begegnet war, und seinen Wahnsinn nach der *Weidlingbacher Episode*. Aber sie betrachtete seine Verletzlichkeit und Impulsivität zugleich mit einer scheuen Sehnsucht, denn sie spürte diese Regungen wie eine schlummernde Gefahr auch in sich selbst.

Die Zeit mit Daniel hatte sie ohnehin verändert, ihr Temperament war unbeherrschbarer geworden, ihre Haut viel dünner als in ihrer Jugend. Wenn sie an die Dreistigkeit zurückdachte, mit der sie damals in der Josefstadt die Fenster aufgerissen hatte, stieg ihr heute noch die Röte ins Gesicht. Zum ersten Mal in einer fremden Wohnung! Eigentlich erstaunlich, dass sie ihren Mann nicht in die Flucht geschlagen hatte, ehe er es werden konnte. Diesen kleinen Mann mit seinem großen Innenleben.

Nein, es war nicht so, dass Marion ihn um sein Gemüt beneidete, sie liebte ihn dafür.

Bei Glauber

Er genoss es, so mit Marion hier im Sonnenlicht zu stehen, die Hand auf ihrer Hüfte, und den schwerblütigen Rhythmus der Lagunenstadt an Trägheit noch zu übertreffen. Das Gefühl der Langsamkeit entspannte und beruhigte ihn. Verweilen hieß: in keine falsche Richtung gehen. Sich Zeit lassen hieß: keine Fehler machen. Wie die lahme, stumme Mutter nach dem Schlaganfall. Die Krankheit hatte ihr die Möglichkeit genommen, andere vor den Kopf zu stoßen. Anderen weh zu tun. Sie musste es ganz einfach über sich ergehen lassen, es ertragen, dass man sie nicht abschrieb, dass man sich beständig um sie kümmerte, sich um sie sorgte, ohne Wenn und Aber. Dass man sie in ihrem wehrlosen, ja embryonalen Zustand – liebte.

Daniel war froh, sich noch so kurz vor ihrem Ende mit ihr ausge*söhnt* zu haben (eine durchaus passende Bezeichnung). Oder war ihr Ende überhaupt erst eine Folge dieser Aussöhnung gewesen? Hatte sie das Leben losgelassen, weil das letzte Unerledigte erledigt war? Das Tagebuch des Vaters und die Schlüsse, die daraus zu ziehen waren, hatte Daniel nicht erwähnt; er hatte nur gesagt, er sei, im Gegensatz zu früher, sicher, dass die Mutter keine Schuld am Tod des Vaters treffe, und er hatte sie gebeten, ihm sein jahrelanges unwirsches Verhalten zu verzeihen. Nur ein paar Stunden später war die Mutter dann gestorben.

Daniel hatte gleich bei Georg angerufen. Es war weder ein besonders rührendes noch ein besonders langes Telefongespräch geworden. Georg sprach in erster Linie von *all dem Paperkram*, wie er die anstehenden Amtswege mit englischem Akzent bezeichnete, und Daniel wurde das Gefühl nicht los, dass ihn im Grunde nur die Abwicklung der Erbschaft interessierte. Nun, zu erben gab es ohnehin nichts mehr; der Großteil der Ersparnisse der Mutter lag inzwischen auf den Bankkonten der Ärzte und des Pflegeheims, der Rest war 1985 in den Wohnungsumbau investiert worden. Wie Daniel erwartet hatte, meinte Georg gegen Ende des Telefonats, es sei ihm leider *totally unmoglich*, zur Beerdigung nach Österreich zu kommen. Er sei eben erst mit seiner Frau in Miami gewesen, und in Anbetracht des neuen Hauses (*wenn du kommst zu uns mit dein Familie, wir haben Gästerooms!*) und der damit verbundenen zurückzuzahlenden Kredite könne er sich nicht gleich wieder Urlaub nehmen. Überhaupt, wo er für seine Firma derart *unverziktbar* sei, dass ihm der Boss gerade eine üppige Gehaltserhöhung angeboten habe.

Erst nach weiteren elf Jahren sollte Daniel seinen Bruder wiedersehen. Er hatte ohnehin geplant, zur Feier ihres zweiundzwanzigsten Geburtstags mit den Kindern zu verreisen, und weil Michael und Anna sich an ihren Onkel kaum erinnerten und ihn besuchen wollten, waren sie Mitte Februar zu dritt über Paris und Detroit nach Los Angeles geflogen.

Dass ihn der Besuch bei Georg schwer enttäuschte, lag wohl hauptsächlich an seinen eigenen Erwartungen. Dem Wind, den Zeitungen und Rundfunk um die Immobilien- und Bankenkrise machten, stand ja Georgs Darstellung der Dinge gegenüber, der am Telefon gemeint hatte, das alles sei für ihn nicht mehr als *nur ein laues Luftchen*. Leider sollte sich die Schilderung des Bruders aber als weit windiger erweisen als die Medienberichte.

Daniel war schockiert, als sie einander endlich gegenüberstanden. Was ihn so erschütterte, waren weniger die manifesten Anzeichen von Georgs Niedergang – sein heruntergekommenes Reihenhaus, der muffige Geruch in seinem ungepflegten Auto, seine schmuddeligen Kleider –, sondern hauptsächlich, wie sehr sich seine ganze Art verändert hatte. Auf den ersten Blick war er zwar immer noch der alte Aufschneider, der hochtrabende Zukunftspläne wälzte und nicht müde wurde, von seinen Verdiensten und Erfolgen zu erzählen, bei näherer Betrachtung aber schien er völlig ausgebrannt und antriebslos zu sein. Er konnte stundenlang im Schlafrock auf dem Sofa sitzen und ins Leere starren, während Daniel und die Zwillinge sich um den Haushalt kümmerten. Auf ihren Ausflügen (nach Malibu, Long Beach, ins Getty Center und natürlich in die Universal Studios in Hollywood) begleitete er sie kein einziges Mal, obwohl er sich, wie er behauptete, zwei Wochen freigenommen hatte, um ihnen die Stadt zu zeigen. Seine Ehefrau bekamen sie nicht zu Gesicht, laut Georg war sie nach New Mexico gefahren, um ihre Schwester zu besuchen. Dass im Haus fast keine Spuren einer weiblichen Präsenz wie Kleider und Kosmetika zu finden waren, ließ darauf schließen, dass sie ziemlich viel Gepäck zu ihrer Schwester mitgenommen haben musste. Auf der Schuhablage stapelten sich keine Damenschuhe, sondern ungeöffnete, an Georg adressierte Briefe; darauf angesprochen, meinte er, das seien nur ein paar *Denkzettel* von seiner Bank, sie würden sich im Lauf der Zeit von selbst erledigen.

Als Daniel ihn eines Abends fragte, ob er finanzielle Sorgen habe, wiegelte er ab. Es sei nur eine *kleine Flaute* (die Verwandte des bereits erwähnten *lauen Luftchens*, dachte Daniel), er gedenke aber, seinen Job zu kündigen – *Ich habe super Angebote von viel bessere Firmen!* – und nach dem Verkauf des Hauses – *Ach, vergiss die Hypotheken!* – Kalifornien zu verlassen und in einen anderen Bundesstaat zu ziehen – *Wir machen das so in Amerika, es ist das Land der unbegrenzten Moglichkeiten!*

«Brauchst du Hilfe?», fragte Daniel.

«Wenn du eineinhalb Millionen übrig hast», gab Georg – plötzlich ohne jeglichen Akzent – zurück.

«Du stehst mit eineinhalb Millionen in der Kreide?»

Georg zuckte mit den Achseln. «Eine halbe? Eine? Eineinhalb? Egal. Weißt du, Las Vegas ist nur einen Katzensprung entfernt, und für die Bank wären mir die Kohlen meines kleinen Bruders sowieso zu schade.»

Georg war eine Enttäuschung, aber Michael und Anna waren wunderbar. Ein wenig angepasster, biederer vielleicht als er in ihrem Alter, aber schließlich ändert ja nicht nur die Zeit den Menschen, sondern auch der Mensch die Zeiten: Anders als vor dreißig Jahren galt heutzutage jede Form der jugendlichen Rebellion gegen die herrschenden gesellschaftlichen und politischen Verhältnisse als kindisch, schlimmer noch, als *uncool*.

Trotzdem wirkten sie nicht cool, die Zwillinge, so aufgeregt und optimistisch, wie sie waren. Er liebte sie, beide auf ihre Art. Auch Elternliebe ist ja stetigen Veränderungen unterworfen, dachte er, sie reift wie die, denen sie gilt: Man sieht sich eines Tages keinem nackten Stückchen Mensch mehr gegenüber, sondern einer selbstbestimmten, *eigenartigen* Person. Mehrmals ertappte Daniel sich dabei, wie er sie aus den Augenwinkeln musterte, um zu ergründen, welche seiner Wesenszüge sich in ihnen widerspiegelten. Er stellte sich die beiden in der Zukunft vor, wenn sie die ersten großen Siege oder Rückschläge erleben würden. Sicher würde Anna in Marions Richtung hin tendieren, der defensive Michael in die von Daniel. Trotz aller Unterschiede: Beide waren auf einem guten Weg – auf dem Sprung in ihr eigenes Leben.

Ausgestorben lag die Calle Ghetto Vecchio; das samstägliche Vormittagsgebet in der Scuola Levantina war wohl noch im Gange. Marion und Daniel schlenderten in Richtung Norden und betraten den Campo del Ghetto Nuovo.

Daniel hatte plötzlich feuchte Hände. Er blieb stehen und starrte auf den Platz. Vor seinen Augen flackerte das Bild auf wie ein Hologramm: der Vater und er auf dem Steinbänkchen unter dem Baum. Das Bild zeigte den Vater so, wie er vor vierundzwanzig Jahren ausgesehen hatte, während Daniel, graumeliert und fülliger als damals, wie ein gleichaltriger Freund – nein: wie ein Zwillingsbruder still an seiner Seite saß.

Daniel blinzelte, rieb sich die Augen.

«Pollen?», fragte Marion.

«Nein, ich … dachte nur, ich hab etwas gesehen.»

Er würde sein Versprechen halten, Marion nie wieder anzulügen, ein Versprechen, das ihn freilich nicht dazu verpflichtete, sein ganzes Innenleben vor ihr auszubreiten. Zwischen Offenheit und Ehrlichkeit bestand zwar ein Verhältnis (etwa so wie zwischen Eigentum und Diebstahl), aber eben doch ein ausgesprochen schlampiges. Man konnte manche Wahrheiten nur allzu leicht verlieren, wenn man sie nicht für sich behielt. Und Daniels Wahrheit war zudem so überspannt, dass er sie Marion nie im Leben zugemutet hätte.

Fast elf Jahre lag die Nacht am Weidlingbach zurück. Vor fast elf Jahren war der Schläfer, der in Daniel geschlummert hatte, wachgerüttelt worden. Seine ersten Schritte waren unsicher gewesen: Schon am nächsten Morgen hatte er mit sich zu diskutieren begonnen, hatte unaufhörlich Hoffnungen und Bedenken, Für und Wider abgewogen. In der Josefstädter Wohnung hatte er nach unentdeckten Hinweisen gesucht, nach Hohlräumen unter dem Boden und Geheimfächern in den betagten Möbeln seiner Eltern: Vielleicht hatte ja der Vater noch ein weiteres Tagebuch versteckt, vielleicht auch nur die eine oder andere Notiz zur Inszenierung seines lang geplanten Abschieds, etwa eine Liste von Substanzen, die sich dazu eigneten, ein Herzversagen vorzutäuschen, oder eine Namensliste. Schließlich mussten mehrere Personen eingeweiht gewesen sein: der Notarzt und der Totenarzt, ein Mitarbeiter der Bestattungsfirma, eventuell ein Dokumentenfälscher und ein Fluchthelfer. Die Suche hatte tagelang gedauert, tagelang auf allen vieren wie ein Trüffelhund, doch Daniel hatte nichts gefunden.

Selbstverständlich wusste er, dass Marion und die Kinder unter seinem seltsamen Verhalten litten. Er gebärdete sich wie ein Psychopath, wie ein Besessener, er jagte ihnen Angst ein – aber ändern konnte er es nicht. Die Vorstellung, dass irgendwo auf dieser Welt sein Vater lebte, dass er sich bewegte, sprach und atmete, ließ Daniel nicht mehr los; er musste etwas unternehmen, etwas tun, er hatte keine Wahl. Der Druck, der auf ihm lastete, nahm täglich zu, und eines Tages stahl er sich mit einem notdürftig gepackten Koffer ziel- und planlos aus der Wohnung, um den Vater wo auch immer aufzuspüren. Hätte Marion ihn nicht zufällig am Haustor abgefangen, wäre er womöglich in Nigeria oder im Urwald Südamerikas gelandet, in der Gosse oder auch im Irrenhaus.

Stattdessen hatte er zum Telefon gegriffen und den einzigen Menschen angerufen, der ihm vielleicht weiterhelfen konnte: Glauber Bácsi. Glauber und der Vater hatten gut die Hälfte ihres Lebens miteinander im Büro verbracht, und es war anzunehmen, dass sie dabei nicht nur über das Geschäft gesprochen hatten.

Daniel war Glauber seit der Trauerfeier im Jahr 1984 (eine schweigsame Zusammenkunft in der Kremierungshalle des Zentralfriedhofs) nicht mehr begegnet. Den Verkauf der Firma hatte der Familienanwalt abgewickelt; Glauber hatte sich geweigert, sie allein weiterzuführen. Daher war der Kontakt, wie man so sagt, ganz einfach abgerissen. Daniel konnte nur hoffen, dass der Kompagnon des Vaters noch am Leben war.

Im Telefonbuch fand er den gesuchten Eintrag. Nach nur wenigen Sekunden meldete sich Glauber am anderen Ende der Leitung und erklärte sich zu einem Wiedersehen am nächsten Nachmittag bereit. Obwohl es Anfang Jänner und die Witterung entsprechend kalt und düster war, bestand er darauf, sich im Tiergarten Schönbrunn zu treffen.

Über der Lagune kreisten Möwen. Manche ließen sich, vom Flug ermüdet, auf den Pfählen am Rand der Fahrrinne nieder, andere dümpelten geruhsam auf dem Wasser, bis sie, vom Motorenlärm des Vaporettos aufgescheucht, das Weite suchten. Marion und Daniel ließen San Michele hinter sich und steuerten Murano an, die Insel der berühmten Glasmanufakturen.

Die Jahre hatten Glauber altern lassen, ungeachtet seines Körpers, der noch immer schlank und drahtig wirkte. Seine Haare waren silbern, sein Gesicht zerfurcht und seine Haut geradezu gegerbt, als habe er sein Leben auf dem Meer oder im Hochgebirge zugebracht. Er musste zweiundsechzig sein, zwei Jahre älter als der Vater.

«Schau ihn einer an, den Buben, wie aus dem Gesicht geschnitten», sagte er, als Daniel vor den Kassen auf ihn zutrat. Sie begrüßten sich mit einem Händedruck und musterten einander – Glauber mit gedankenvoller Miene, Daniel mit einem scheuen Lächeln.

Dann passierten sie die Drehkreuze – «Wir haben damals auch so ähnliche verkauft» – und gingen die Allee entlang in Richtung Kaiserpavillon. Er sei fast jeden Tag im Zoo, erzählte Glauber, weil er hier ein paar spezielle Freunde habe, die ihm sehr ans Herz gewachsen seien: die Nashörner.

«Frag nicht, warum, aber aus irgendeinem Grund erinnern sie mich an die ungarischen Nazis – die faschistischen genauso wie die kommunistischen.»

«Warum gehst du sie dann besuchen?», fragte Daniel.

«Weil mir die Mauern rund um ihr Gehege so gefallen», versetzte Glauber, ohne eine Miene zu verziehen.

Die Wege lagen menschenleer, kaum jemand hatte sich an diesem kalten Arbeitstag hierher verirrt. Auch in den Volieren und Freigehegen herrschte wenig Leben; offensichtlich hatten sich die meisten Tiere in die Innenräume ihrer Anlagen zurückgezogen.

«Also sag schon, Bub, was kann ich für dich tun?»

«Ich wollte dich was fragen …» Daniel zögerte; er hatte sich nicht überlegt, wie er das heikle Thema angehen sollte. «Warum eigentlich mein Vater?», meinte er nach einer Weile. «Warum hast du ausgerechnet ihn zum Kompagnon genommen?»

«Warum nicht?»

«Ich meine, wo er doch …»

«Nichtjude war? Und sein Tate ein herzloser Herrenmensch?» Glauber schnaubte auf, halb grimmig, halb belustigt. «Weißt du, Daniel, trotz meiner Abstammung ist mir ein anständiger Goi noch immer lieber als ein mieser Jud.»

Sie wandten sich nach links und hielten auf ein dichtbevölkertes Gehege zu: das Reich der Pinguine, die sich heute ganz in ihrem Element zu fühlen schienen.

«Siehst du», meinte Glauber, «was die einen grauslich finden, ist den anderen ein Genuss.»

«Du meinst … die verschiedenen Arten?»

«Aber geh, ich bin doch kein Rassist. Ich red von verschiedenen *Menschen*. Brauchst ja nur uns beide herzunehmen: Glaubst, ich weiß nicht, dass du lieber im Kaffeehaus sitzen tätest, statt dir da mit mir die Viecher anzuschauen?»

«Und er? Mein Vater?»

«Hat sich bei dem Wetter einfach wärmer angezogen. Er war viel zu neugierig, um auf ein Abenteuer oder ein Erlebnis zu verzichten. Und bevor du dir jetzt was zusammenreimst: Das ist universell gemeint, nicht sexuell; für irgendwelche Seitensprünge hat er deine Mutter viel zu lieb gehabt.» Ein kurzes, nachdenkliches Schweigen, dann sprach Glauber weiter: «Nur das eine hat er nie begreifen wollen: dass es den meisten Menschen leichterfällt, das Fremde zu vernichten …»

«… als es zu verstehen», fiel Daniel ihm ins Wort.

«Dann weißt du das ja eh. Zwei Seelen wohnten, ach, in seiner Brust … Nein, mehr als zwei.»

«Wie meinst du das?»

«Er hat halt dauernd alles hinterfragt. Sich selbst in erster Linie. Und vieles, was er da entdeckt hat, hat ihm nicht gefallen.»

«Zum Beispiel?», fragte Daniel, hellhörig geworden.

«Was glaubst du, wie oft wir im Büro gestritten haben?» Glauber schüttelte den Kopf und grinste. «Weißt du, dein Papa war schon, wie soll ich sagen, also … fast ein Kommunist. Und das als Unternehmer! Damals, wie wir mit der Firma angefangen haben, war er noch ein glühender Verteidiger der freien Marktwirtschaft: *Da war noch etwas aufzubauen, von dem am Ende alle profitiert haben*. Sozialstaat, sag ich nur; es war die Blütezeit der Umverteilungspolitik. Nur dass die Welt sich halt auch wieder ändert. In den letzten Jahren vor seinem Tod hat er begonnen, alles anzuzweifeln: die Gesellschaft, das System, die ganze wirtschaftliche und politische Entwicklung. Er hat einmal gesagt, dass wir gerade auf dem besten Weg sind, zu vergessen, was wir aus dem Krieg gelernt haben: *Dreißig Jahre, Max, nur dreißig Jahre, und schon wieder kommen Menschen an die Macht, die darauf schauen, dass es nicht allen gutgeht, weil sie glauben, dass es ihnen sonst vielleicht nicht ganz so gutgeht.*»

«Abschaum, wie er sich in ruhigen Zeiten an der Oberfläche der Gesellschaft sammelt», sagte Daniel.

Glauber nickte. «*In bewegten Zeiten steigt dafür der Bodensatz nach oben.* Wieder so ein Spruch von deinem Vater. Und da hat er sogar recht gehabt. Wahrscheinlich kann der Mensch den Frieden auf die Dauer nicht ertragen. Eine Zeitlang geht es gut, und dann werden die Leute wieder übermütig – aus Fadesse und Saturiertheit. Mich wird das nicht mehr betreffen, aber dich und deine Kinder. Immer wieder hat der Paul herumphilosophiert, über die zweite und die dritte Nachkriegsgeneration. Dass die keine Geschichten zu erzählen haben, keine eigenen jedenfalls. Dass ihnen gar nichts anderes übrigbleibt, als sich durch die Geschichten ihrer Großeltern zu definieren: *Wir haben ihnen die Rolle der Chronisten aufgebürdet, uns an ihnen abgeputzt, wir selber haben ja keine Zeit gehabt, uns war ja nur das Wirtschaftswunder wichtig. Aber wie muss sich das anfühlen, keine Ziele mehr zu haben, keine Widerstände, nichts, woran man sich erproben kann? In eine Welt geboren zu sein, in der es nichts mehr aufzubauen gibt, in einen Überfluss, der täglich danach schreit, verbraucht zu werden?*» Glauber machte eine Pause und sah Daniel fragend an. «Was meinst du? Seid ihr wirklich so bedauernswert?»

«Na ja … Viel zu erzählen haben wir wirklich nicht. Was mich betrifft, hauptsächlich Bettgeschichten aus der Jugendzeit. Und einmal hab ich mir das Schlüsselbein gebrochen, weil ich angetrunken mit dem Fahrrad …»

«Glaubst du vielleicht, die Alten haben sich ihre Abenteuer ausgesucht?», fiel Glauber ihm ins Wort. «Die meisten hätten liebend gern verzichtet auf das Morden und das Sterben.»

«So wie du», gab Daniel zurück.

«Ja, so wie ich, in Budapest. Da hätt ich auch lieber gesoffen und herumgevögelt.» Glauber hatte das in einem barschen Ton gesagt, jetzt aber huschte ein verhaltenes Grinsen über sein Gesicht. «Na, manchmal hab ich das ja auch.»

Vor ihnen lag ein staubiges Gehege, das mit wuchtigen Betonpfosten gesichert war: das Reich der Nashörner. Die Tiere ließen sich nicht blicken.

«Schade», meinte Glauber. «Aber vielleicht liegen sie ja drin im Warmen und erzählen sich Anekdoten aus der guten alten Zeit: *Mein Urgroßvater, damals in der Wildnis …*»

Daniel schwieg. Obwohl kein Feind der Ironie, empfand er die Bemerkung als geschmacklos. Und so war es Glauber, der nach einer Weile weitersprach.

«Entschuldige, aber das Thema macht mich halt nervös. Ich weiß ja selbst schon bald nicht mehr, was falsch ist und was richtig. Auf der einen Seite kann man in Europa heut in Frieden leben, ohne dieses ganze kriegerische Nationaltheater, auf der anderen gibt es für die jungen Leute keine Rollen mehr zu spielen. Der Vorhang ist gefallen, die Helden sind nach Haus gegangen, und die Bühnenarbeiter haben die Kulissen weggeräumt. Jetzt steht ihr da und habt keine Ideen mehr außer dem Konsum …»

«Und dem Profit», warf Daniel ein.

«Und meinetwegen dem Profit. Kein Wunder, dass ihr glaubt, ihr müsst an dieser Welt ersticken. Aber muss man deshalb gleich wieder beginnen, sie zu demolieren? Muss man den Tod heraufbeschwören, damit man sich lebendig fühlt? Was machen denn die jungen Leute heut? Die einen bringen sich mit Drogen um die Ecke oder stürzen sich mit umgeschnallten Flügelstümpfen einen Berg hinunter, die sind nur meschugge, und die anderen packen sich zusammen, um als Söldner in den Krieg zu ziehen, in Jugoslawien oder wo immer es gerade brennt. Die sind nicht nur meschugge, sondern auch gemeingefährlich. Weißt du, wie dein Vater noch gelebt hat, war ich meistens anderer Meinung, aber heute muss ich ihm in vielen Sachen recht geben. Und das … Mein Gott, wie gern tät ich ihm das persönlich sagen können.»

Daniel biss sich auf die Lippen. Vielleicht kannst du das ja eines Tages, dachte er im Stillen.

«Jedenfalls», fuhr Glauber fort, «war dein Papa am Schluss in einer, sagen wir, ein bisserl absurden Lage: ein Geschäftsmann, den das Geldverdienen nicht mehr interessiert hat. Den es sogar angeödet hat.»

«Warum hat er es dann gemacht?»

«Für euch, Bub.» Glauber zog die Hände aus den Manteltaschen, um den Kragen hochzuschlagen. «*Wenn es draußen kälter wird*, hat er gesagt, *dann müssen sich die Kinder drinnen an den Ofen setzen können.*»

Schweigend traten sie in den verglasten Korridor des Raubtierhauses, um sich aufzuwärmen. Hinter gepanzerten Scheiben dösten zwei mächtige Tiger.

«Sag, wann hat das angefangen, Onkel Max? Ich meine, diese Zweifel, dieses Hinterfragen?»

Glauber überlegte. «Eigentlich schon damals, wie er um ein Haar in diesen Unglückszug gestiegen wäre, falls du dich erinnern kannst. Danach ist er mir anders vorgekommen, irgendwie … zerrissen; so, als wär ein Teil von ihm tatsächlich in dem Zug gesessen.»

«Wie die Phantasie von einem zweiten Leben?»

«Einem zweiten, einem dritten, einem hundertsten. Schon möglich, ja. Er war sehr einfühlsam, der Paul; wie ich ihn kenne, hätt er sich wahrscheinlich», Glauber zeigte auf die beiden Tiger, «auch in die zwei da hineinversetzen können.»

«Fragt sich nur, was er als Raubtier mit sich angefangen hätte.»

«Was weiß ich? Am ehesten hätt er darüber nachgedacht, wie er da rauskommt, ohne einen Wärter totzubeißen.» Langsam drehte Glauber sich zu Daniel und sah ihn an. «Warum hab ich nur dauernd das Gefühl, du willst mir etwas ganz Bestimmtes sagen und kommst nicht zum Punkt? Wir können auch noch zu den Affen gehen und zu den Papageien, wenn dir das auf die Sprünge hilft.»

«Nein», Daniel zwang sich ein Lächeln ab, «nicht nötig. Es ist nur … Ich hab mich was gefragt.»

«Das muss ja eine ziemlich große Frage sein, wenn sie dir in der Kehle steckenbleibt.»

«Das ist sie auch», murmelte Daniel. Er fühlte sich

wie vor dem sprichwörtlichen Sprung ins kalte Wasser, und er wusste nicht einmal, wie tief es war.

«Ich habe mich gefragt, ob er ... vielleicht noch lebt.»

Die Worte hallen von den Scheiben wider wie das Fingerschnippen eines Engels, der die Zeit anhält. Die Tiger liegen regungslos, und Glaubers Miene ist mit einem Mal versteinert. Daniel kann die Gedankengänge, die ihm durch den Kopf mäandern, trotzdem nachvollziehen: *Der Bub macht blöde Witze ... Nein ... Der Bub ist wahnsinnig geworden ... Nur ein Glück, dass das sein Vater nicht mehr miterleben muss ...*

«Ich weiß», sagt Daniel, «das klingt, als wäre ich verrückt geworden.»

Langsam löst sich Glauber aus der Starre; offenbar ist er zu einem Resultat gekommen, was den Geisteszustand Daniels anbelangt. «Einmal», meint er bedächtig, «hab ich einen Jadering verloren, ein Andenken an meine Mutter. Überall hab ich gesucht, aber der Ring ist nicht mehr aufgetaucht. Ich bin fast durchgedreht vor lauter Grübeln, wo um alles in der Welt er sein könnte. Das Grässliche war gar nicht, dass er weg war, sondern die Gewissheit, dass sich so ein Ring ja eben *nicht* in Luft auflöst. Ich hab gewusst, er existiert noch irgendwo.» Mit einem Seufzen breitet Glauber seine Arme aus: eine beinahe biblische Gebärde der Resignation. «Am Abschiednehmen kann man schon verzweifeln, aber noch mehr kann man an der Hoffnung verzweifeln, dass ein Abschied nicht für immer ist. Der Mensch ist nicht aus Jade, Daniel. Menschen hören auf zu existieren. Sie gehen, und dann sind sie für immer weg.»

«Das ist es doch!» Die Worte stieben heftig, ja erbost aus Daniels Mund. «Genau das wollte er uns doch ersparen! Die ganze Ungewissheit und das Kopfzerbrechen und das Weiterhoffen! Deshalb hat er seinen Abschied doch so arrangiert, so endgültig, damit wir einen Schlussstrich ziehen können!»

Einer der verschlafenen Tiger hebt den Kopf und gähnt. Vielleicht ist es sogar ein halbherziges Brüllen, ähnlich dem des legendären Metro-Goldwyn-Mayer-Löwen, aber durch das Panzerglas dringt kein Geräusch.

«In Ordnung», sagt Glauber, «angenommen, es ist möglich, einen Herzinfarkt so täuschend nachzuahmen, dass sich alle hinters Licht führen lassen. Aber glaubst du wirklich, dass dein Vater so ein … so ein egoistisches gewissenloses Monster war?»

«Natürlich nicht. Im Gegenteil, er hat sich doch darum gekümmert, dass wir alles haben – also materiell gesehen. Wenn meine Mutter nicht ins Pflegeheim gekommen wäre … Aber damit hat er doch nicht rechnen können.»

«Gut. Und was ist mit der Liebe? Weißt du nicht, wie er an euch gehangen ist? Wie sehr er sich am Abend auf das Heimkommen gefreut hat?»

«Sicher. In den Siebzigern, am Weidlingbach. Und

was war nachher? Eine Wohnung ohne Himmel, beide Kinder aus dem Haus, und eine Frau, mit der er seine Überlegungen und Phantasien nicht teilen konnte. Sicher hat er uns geliebt. Nur war er eben, wie du selbst gesagt hast, einer von den Suchenden, die ständig alles hinterfragen. Kann es denn der Sinn der Liebe sein, dass man ihr seine Träume opfert?»

Glauber runzelt unwillig die Stirn, sein dunkler Blick wandert an Daniel vorbei ins Leere. «Und wohin, bitte, soll er gegangen sein? Nach Tibet, in ein Kloster, meditieren?»

«Ich habe eigentlich gehofft, dass du mir …» Daniel spricht nicht weiter, er verstummt, von einem jähen Schauer überwältigt. Was hat Glauber da gesagt? *Nach Tibet, in ein Kloster, meditieren*? Das sind doch ganz genau die Worte aus dem Tagebuch des Vaters!

«Nein», gibt Glauber kühl zurück, «da kann ich dir beim besten Willen nicht weiterhelfen. Nicht einmal, wenn dieser Schmonzes stimmen würde und ich irgendwas darüber wüsste, tät ich es. Warum nicht? Weil mir vorkommt, du wärst tatsächlich imstande, ihn zu suchen, irgendwo am Arsch der Welt. Und dabei würdest du wahrscheinlich vor die Hunde gehen, beziehungsweise, was noch schlimmer wäre, ihn tatsächlich finden. Bub, du musst die ganze Schnapsidee doch nur zu Ende denken! Glaubst du, dass ein Mensch, der so was plant und durchzieht, überhaupt gefunden werden will?»

Sie treten aus dem Raubtierhaus und gehen durch

die frühe Abenddämmerung zurück zum Haupteingang. In Daniel schwelt ein stilles Glücksgefühl wie ein vergessenes Lagerfeuer im vertrockneten Gehölz: Die Vehemenz, mit der der Alte seine Hypothese angefochten hat, wirkt fast wie ein Geständnis. Wenn er sich auch weigert, etwas preiszugeben, so verleiht gerade diese Weigerung der Hoffnung Substanz. Max Glauber ist wie eine Schatzkarte, auf der die geographischen Koordinaten fehlen: ungeeignet, um den Schatz zu finden, aber der Beweis für seine Existenz.

Im Schlosspark, vor dem Palmenhaus, nehmen sie Abschied voneinander.

«Danke, Onkel Max.»

«Ich danke dir», sagt Glauber ruhig. «Es ist fast so, als hättest du mir einen letzten Nachmittag mit ihm geschenkt: Du bist ihm ähnlicher, als dir bewusst ist.»

An den Wegen flammen die Laternen auf. Ein Rudel Krähen zieht mit lautem Krächzen Richtung Westen.

«Also tu dir den Gefallen und denk an einen Satz, den er einmal zu mir gesagt hat: *Ich kann nur so glücklich sein wie das traurigste meiner Kinder*.»

«Für Michael und Anna werden wir hier nichts finden.» Marion betrachtete die bunte Fülle glitzernder, amorpher Glasobjekte in der Auslage: unsäglich kitschig, aber namentlich bei den japanischen Touristen überaus beliebt, wie an den kauffreudigen Kunden des Geschäfts zu sehen war. «Nippes für Nippon», sagte Marion fröhlich.

Daniel lächelte. Er suchte ihren Blick in einem glasgerahmten Spiegel, musterte mit Wohlgefallen ihre Züge, ihre schmiegsame Figur. Obwohl er früher einen androgynen Frauentyp bevorzugt hatte, fand er ihre Rundungen, die mit Erfolg der Altersschwerkraft trotzten, wunderschön. Als wäre sein Geschmack mit ihrem Körper mitgewachsen.

Nach dem Treffen mit Max Glauber war er heimgefahren, zu Marion und den Kindern, und er hatte sich so unbeschwert gefühlt wie schon seit Jahren nicht mehr. Auch Marion hatte seinen Stimmungswandel gleich bemerkt. Natürlich dachte sie, er habe sich in psychotherapeutische Behandlung begeben, in der Regel eine langwierige Sache, umso mehr verblüffte sie der schlagartige Heilerfolg. «Nach einer Sitzung?», hatte sie gefragt.

Nun, eine Sitzung hatte tatsächlich gereicht. Obwohl sich Glauber so bedeckt gehalten hatte, konnte Daniel aus der Zusammenkunft im Zoo genügend Schlüsse ziehen, um seine letzten Zweifel über Bord zu werfen. Er war nun bereit, Entscheidungen zu treffen.

Zweiundzwanzig Jahre alt war er gewesen, als der Vater ihn verlassen hatte. In zehn Jahren würden Michael und Anna ihren zweiundzwanzigsten Geburtstag feiern. Daniel selbst wäre dann sechsundvierzig, wie der Vater damals.

Vorher kam es nicht in Frage, sich davonzustehlen.

Er würde es dem Vater gleichtun und bei seinen Kindern bleiben, bis sie flügge waren. Bis zum April 2008.

Die lange Frist beruhigte ihn, ließ sie ihm doch genügend Zeit zur Vorbereitung. Gut zehn Jahre, um für die Familie vorzusorgen und sein Ableben zu inszenieren. Ein sauberer Schnitt sollte es sein, ein würdevoller Abgang, keine jämmerliche, mühevolle Trennung mit Geheul und Zähneknirschen und nicht enden wollenden verletzenden Gesprächen, denen all das Gute zwischen Marion und ihm zum Opfer fiel. Er spürte sie an seiner Seite, warm, vertraut. Er würde sie vermissen. Sehr vermissen.

Trotzdem musste er den Vater suchen, und er konnte sich nur vorstellen, das allein zu tun. Zum einen war es Marion nicht zumutbar, ihr ganzes Leben aufzugeben, nur um sich den Widrigkeiten und Gefahren eines Wanderdaseins auszusetzen, das vermutlich in die fernsten Winkel dieser Erde führen würde, und zum anderen war er davon überzeugt, die Stille und die Einsamkeit zu brauchen, um die Fährte aufnehmen zu können. Einsamkeit und Stille, um in sich hineinzuhorchen und dem Vater in sich nachzuspüren. Denn nichts, so dachte er, ist schwieriger, als sein verlorenes Spiegelbild wiederzufinden.

«Fahren wir weiter», sagte Marion. «Du wolltest mir doch diese Kathedrale auf Torcello zeigen.»

«Ja. Nur einen Augenblick …»

Er trat in das Geschäft und drängte sich durch die

Touristenschar. Sich vergewissernd, dass ihn Marion nicht durchs Schaufenster beobachtete, ließ er sich von einer der Verkäuferinnen einen Anhänger verpacken: eine zierliche, in einen transparenten Glastropfen gegossene venezianisch rote Rose.

Wenn ihn der Gedanke an das Abenteuer der bevorstehenden Suche auch erregte und ihm wie ein Fieberrausch bis in die Fingerspitzen züngelte, so traf er seine Vorbereitungen doch umso nüchterner.

Zunächst hatte er den Beschluss gefasst, das Rauchen aufzugeben und sich sportlich zu betätigen. Er hatte ja auf einmal einen Grund, auf sich zu achten; in zehn Jahren würde er gesund und fit sein müssen, körperlich gerüstet für die große Reise. Schon allein die Vorstellung, das Krankenbett zu hüten, statt sich voll und ganz auf seine Aufgabe zu konzentrieren, versetzte ihn in Panik.

Problematisch waren seine wechselhaften, eher kargen Einkünfte als Fotograf gewesen: Undenkbar, mit diesem Job ein finanzielles Polster anzusparen, auf das er Marion und die Kinder betten konnte. Also hatte Daniel sich von einer blonden, aufgedonnerten Versicherungsvertreterin (sie ähnelte den Baumarkt-Models, die zweimal im Jahr vor seiner Kamera posierten) eine hochdotierte Ablebensversicherung verkaufen lassen.

Dass er sich mit diesem Handel geradewegs ins Fahrwasser der Strafbarkeit zu manövrieren drohte, war ihm ebenso bewusst wie unverständlich: Ließ sich denn das insgeheime Weiterleben eines Menschen als Betrug bezeichnen, wenn doch dieser Mensch für alle Welt – besonders für die eigenen Hinterbliebenen – gestorben war? Es konnte der Versicherungsgesellschaft doch egal sein, ob der Unterzeichner der Polizze Nr. A-6 807 060 nachweislich in seinem Grab verfaulte oder ob sein Herz an irgendeinem fernen Ort der Erde weiterschlug! Wenn es nach den Versicherungen ginge, dachte Daniel, müssten alle Herzen Seriennummern und ein Ablaufdatum tragen.

Jedenfalls gelang es ihm trotz aller ökonomischen Unwägbarkeiten, seine Prämien pünktlich zu bezahlen. Der größte Teil der Haushaltskosten wurde ohnehin mit Marions regelmäßigem Gehalt bestritten, und so blieb am Monatsende meist noch etwas Geld auf dem Familienkonto: Geld, mit dem man sich die eine oder andere Urlaubsreise leisten konnte.

Daniels Widerwille gegen das Verreisen war mit einem Schlag verflogen. Plötzlich gab es etwas auf der Welt, wofür es sich zu reisen lohnte: eine Heimat in der Fremde, die es aufzuspüren galt. Auch wenn er sich erst in zehn Jahren völlig seinen Nachforschungen widmen würde: seine Augen offen halten, das Terrain sondieren konnte er genauso gut schon jetzt. Natürlich eigneten sich die besonders abgelegenen, gefährlichen und unwirtlichen Gegenden weder als Reiseziele für die Kinder noch für Marion – aber warum sollte sich der Vater auch partout in der Antarktis, in Afghanistan oder in Tschernobyl niedergelassen haben, falls er überhaupt sesshaft geworden war? Sein Wagemut und seine Neugier mussten ja nicht zwangsläufig mit einem Hang zum Masochismus Hand in Hand gehen.

Wo auch immer die Kowalskis im Verlauf der nächsten Jahre hinfuhren, Daniel saugte alles auf, was seine Sinne aufzusaugen fähig waren: Luft- und Lichtverhältnisse, Gerüche und Geräusche, Stimmungen. Dabei erkannte er, dass zwischen den Touristen und den Einheimischen unsichtbare Mauern standen, Barrieren, die ein vorübergehender Besucher niemals überwinden konnte. Und so kam er einmal mehr zum Schluss, dass er den Vater als Tourist nicht finden würde – nicht einmal, wenn er geradewegs an ihm vorbeispazierte. Nein, er musste auf die andere Seite, musste in den Spiegel tauchen wie in eine glatte Wasseroberfläche, musste alles hinter sich lassen: die Angst und die Berechnung, das Künftige und das Gewesene. Er durfte nur dem Faden folgen, der sich zwischen ihm und seinem Vater spannte, diesem zarten, unsichtbaren Drähtchen ihrer Seelenverwandtschaft, das so leicht zerreißen konnte, wenn man daran zerrte oder es zu locker ließ. Und eines Tages, so wie seinerzeit in seinen Träumen, würde er – vielleicht aus einer Seitengasse, einem offenen Fenster oder durch ein Gartentor – die Stimme hören. Die warme raue Stimme.

Als die Kinder sechzehn waren, fing Daniel mit

der konkreten Planung seines Todes an. Er überlegte, wie er die Geschichte glaubwürdig in Szene setzen konnte. Anders als der Vater wollte er das Risiko vermeiden, sich in einen temporären Todeszustand zu begeben, einmal davon abgesehen, dass er noch immer keine Ahnung hatte, welches Mittel ihn in diesen Zustand hätte bringen können. Nein, es musste eine Art des Sterbens sein, aus der die restlose Zerstörung oder das Verschwinden seines Körpers resultierte, kurz gesagt: Es durfte keine Leiche geben.

Viele Möglichkeiten standen nicht zur Auswahl. Neben einem Sturz in eine Gletscherspalte – wie der alte Johann in den Hohen Tauern – oder in den Krater eines brodelnden Vulkans war es am ehesten ein Tod auf hoher See, der Daniel praktikabel schien.

In einer Zeitschrift war ihm ein Artikel aufgefallen, der sich der überraschend hohen Zahl verschollener Kreuzfahrtpassagiere widmete. Im Durchschnitt gingen jährlich etwa zwanzig Menschen über Bord, verschwanden spurlos von den Decks der riesigen, musikbeschallten Feier-, Trink- und Ferienschiffe. Dabei konnte man im Nachhinein nur selten zwischen Freitod, Mord und schlichten, meistens alkoholbedingten Unglücksfällen unterscheiden; oft vergingen Tage, bis das Fehlen eines Mitreisenden überhaupt bemerkt wurde, und manchmal registrierte erst der Bordcomputer nach dem allgemeinen Auschecken am Schluss der Reise, dass ein Passagier das Schiff noch nicht verlassen hatte – oder dass er eben einen anderen Weg genommen hatte als die Gangway. Für den Ruf der Reedereien waren diese Fälle nicht gerade förderlich, was laut Verfasser des Berichts bedeutete, dass sie den Angehörigen sowohl juristische (Behördenwege, Protokolle für Notare und Versicherungen) als auch finanzielle Hilfe stellten, um sich deren Schweigen zu erkaufen. In der Regel einigte man sich auf einen dummen, nicht vorhersehbaren Unfall (von den Schifffahrtsunternehmen wurde ein Gewaltverbrechen, von den Hinterbliebenen ein Selbstmord kategorisch ausgeschlossen), und wenn alles glattging, konnte die verschollene Person nach einem halben Jahr für tot erklärt werden.

Es war perfekt.

Mit einem nie gekannten subversiven Eifer machte Daniel sich daran, die Einzelheiten auszuhecken. Er bemühte sich um Fotoaufträge von Ferienveranstaltern, sodass er in den Folgejahren immer öfter Bilder für diverse Reisekataloge aufzunehmen hatte. Ab 2004 fotografierte er dann im Zweijahrestakt auch die Prospekte für die Kreuzfahrten der *Ocean Fantasy*.

Bereits auf seiner ersten Tour bestimmte er Korfu zum Ort seines Verschwindens, weil die Insel den am weitesten entfernten Punkt der Reise und zugleich den ersten Zwischenstopp markierte. Eine ganze Nacht lang fuhren die frisch an Bord gegangenen Gäste von Venedig bis zum südlichen Ionischen Meer; der Rest der Woche führte sie in kleineren Etappen zur Lagunenstadt zurück. In dieser ersten Nacht besoffen sich die meisten Passagiere bis zum Umfallen: Man bekam gigantische Begrüßungsdrinks serviert, man feierte die Woche, die vor einem lag, man badete in einer Flut aus All-Inclusive-Alkohol, die ohne Ende aus den Zapfhähnen und Flaschen dieser schwimmenden Oase strömte.

Daniel hatte vor, sich am geplanten Stichtag im April 2008 sehr spät und scheinbar sehr betrunken aus der Bar am achten Deck zurückzuziehen, nicht ohne vorher seinen Vollrausch mit einem verschütteten Martini, einem laut gegrölten Lied und einem Sturz vom Barhocker gebührend illustriert zu haben. Niemand würde später daran zweifeln, dass er statt in seine Kabine auf das Außendeck getorkelt und infolge seiner schweren Schlagseite über die Reling in die Adria gekippt war.

Tatsächlich würde er in seiner Koje warten, bis die *Ocean Fantasy* im Hafen von Korfu vor Anker ging. Am Nachmittag, sobald die meisten Urlauber auf Landgang waren und die Crew verschnaufte, würde er – nach Möglichkeit vom dritten Deck, das knapp über der Wasserlinie lag – auf der vom Pier nicht einsehbaren Seite unbemerkt ins Hafenbecken springen. Um die Hüften einen wasserdichten Sack mit trockener Kleidung: Wäsche, Hosen, Schuhe, ein Jackett, darin ein falscher Reisepass, ein Flugticket nach Zypern und ein kleiner Geldbetrag. Kein Konto, keine Wohnung und kein Wagen; nichts als das, was er am Körper trug. Einmal in Zypern angekommen, würde er schon weitersehen. Vielleicht zog ihn der unsichtbare Faden dann nach Israel, vielleicht nach Indien, wer konnte das schon wissen?

Leichter als erwartet war es, einen falschen Pass zu kaufen. Nach nur zwei ergebnislosen Anläufen kam Daniel im Jahr 2005 mit einem Serben in Kontakt, der ein verblüffend einfaches Geschäftsmodell entwickelt hatte. Er beschaffte und verkaufte Ausweise von meist zu langen Haftstrafen verurteilten Gefängnisinsassen, die die Papiere ohnehin nicht mehr verwenden konnten. In der Regel waren noch kleine Änderungen wie ein neues Passbild nötig, das der Serbe mit geübten Fingern in das Dokument montierte. Daniel aber hatte Glück: Ein erst vor kurzem lebenslänglich eingesperrter Südtiroler Mörder namens Lukas Pichler sah ihm wie aus dem Gesicht geschnitten ähnlich, und das hieß, dass er den Ausweis Pichlers ohne heikle Korrekturen und den damit verbundenen Aufpreis übernehmen konnte.

Von seinen vagen Hoffnungen und umso gründlicheren Überlegungen bis hin zur Nummer der Versicherungspolizze und zur Abflugzeit nach Larnaca schrieb Daniel alles Wichtige ins Tagebuch des Vaters. Als er es im Haus am Weidlingbach gefunden hatte, war es noch halbleer gewesen, und er setzte sich über die Skrupel, es mit seinen eigenen Notizen gleichsam zu entweihen, bewusst hinweg. Das alte Heft ist eben keine heilige Reliquie, dachte er, Reliquien kommen von den Toten.

Seine Niederschrift schloss aber nicht an die des Vaters an, vielmehr begann sie hinten, auf der letzten Seite:

4.2.2002

Achtzehn Jahre bist Du jetzt schon unterwegs, und heute erst beginne ich mit meinen Vorbereitungen, Dir nachzureisen. In der Mitte dieses Heftes werden wir uns treffen.

Abschied

Etwas war nicht in Ordnung.

Sie konnte es zwar nicht benennen, aber spüren. Es fühlte sich wie eine graduelle atmosphärische Veränderung an, wie ein Wetterumschwung zwischen ihr und Daniel. Weniger verträumt als unsicher saß er mit ihr im Frühstückszimmer der Pension, und sein Kaffee stand kalt und unberührt vor ihm.

Es hatte eigentlich schon gestern Abend angefangen, nach der Rückfahrt von Torcello. Auf dem Campo Santa Margherita hatten sie das Wochenende mit einem Glas Wein ausklingen lassen, und nach einer schwärmerischen Rückschau Marions auf die beiden Tage war ein plötzlicher Moment des Schweigens eingetreten, eine andächtige Stille wie zwischen den Sätzen eines Oratoriums. Da hatte Daniel ein Päckchen aus seinem Sakko gezogen und es Marion über den Tisch geschoben. Eine kleine Rose aus Muranoglas in einer durchsichtigen Träne.

«Danke ...» Marion hatte ihn verwundert angesehen.

«*Ich* bin es, der zu danken hat.» Die Worte hatten eingelernt geklungen. Scheu und zittrig. Daniel war ihren Blicken ausgewichen.

«Womit hab ich das verdient?» In ihrer Frage war kein Misstrauen gewesen, eher eine Mischung aus Belustigung und Neugier.

«Mit … mit allem halt. Mit deiner Existenz. Das wollt ich dir schon lange sagen.»

Marion hatte seine Hand genommen – eine klamme Hand, die ihren sanften Druck nervös erwiderte.

«Ich will nur, dass du weißt, was immer auch passiert …»

«Was soll passieren?», hatte sie gefragt.

«Nichts, aber … Alles kann doch jederzeit passieren, nur ist einem das selten klar.»

«Zum Glück. Es wär ja zum Verrücktwerden, wenn man da ständig daran denken würde.»

«Eben. Aber heute denk ich halt daran.» Er hatte sich jetzt trotzig angehört, als suche er im Groll nach seinem inneren Halt. «Warum macht du es mir so schwer, dir einfach nur zu sagen, dass … dass ich euch liebe, dich und unsere Kinder?»

Seine Hand in ihrer, aber seine Augen unruhig in der Ferne. Marion hatte sich von seinen Worten weniger berührt als irritiert gefühlt, und lange war ihr keine Antwort eingefallen. Erst später, vor dem Einschlafen, hatte sie – halb zu ihm, halb zu sich selbst – geflüstert: «Schön, wenn man sich das nach dreiundzwanzig Jahren sagen kann.»

Etwas ist nicht in Ordnung.

Er hat sich seinen Aufbruch anders vorgestellt.

Zehn Jahre lang ist er auf diesen Sonntag zugesteuert, aber jetzt, in den so sorgfältig geplanten Stunden vor dem Abschied, kommt er aus dem Tritt. Da ist auf einmal etwas, das sich falsch anfühlt, als wäre es ein winziger, ein unwägbarer Rechenfehler in der großen Gleichung. Daniel zaudert, er hat Angst.

Natürlich kann er noch im letzten Augenblick das Handtuch werfen, etwa gar nicht erst an Bord gehen, sondern eine Krankheit vortäuschen (am besten eine Fischvergiftung, denkt er) und noch heute Nachmittag mit Marion nach Wien zurückfahren. Oder eben eine Woche durch die Adria kreuzen, Fotos machen, heimkehren und sein bisheriges Leben weiterführen. Die Sache lässt sich abblasen – sie aber zu verschieben, hat nicht den geringsten Sinn. Der Vater muss jetzt siebzig Jahre alt sein, und der Tod wird sich nicht noch einmal von ihm betrügen lassen. Seine und damit auch Daniels Gnadenfrist zerrinnt, zwei Tropfen Öl auf einem heißen Stein.

Er muss es jetzt tun.

Während er auf seinen Frühstücksteller starrt und draußen, vor den Fenstern der Pension, die ersten Sonnenstrahlen durch den Morgennebel brechen, kommt ihm eine alte, fast vergessene Geschichte in den Sinn, ein Schauermärchen, das aus seiner Schulzeit stammt.

Die Hauptfigur, ein altgedienter Sherpa, dessen

Vater vor Jahrzehnten im Himalaya verschollen ist, quert mit einer Gruppe Bergsteiger ein Eisfeld. Ein Moment der Unaufmerksamkeit, ein kleiner Fehltritt: Er rutscht ab und stürzt in eine Gletscherspalte. Unverletzt, aber benommen findet er sich auf dem Boden einer weiträumigen Höhle wieder. In der Hoffnung auf einen Ausstieg wandert er durch die verzweigten Gänge, deren Wände geisterhaft im Licht der Fackel schimmern. Er gerät in eine riesenhafte Halle, die von hohen, offenbar aus Schmelzwasser geformten Eiswällen umgeben ist. Er sucht nach einem Durchgang, als ihn plötzlich das Entsetzen packt: Hinter dem Spiegel einer Eiswand sieht er einen Menschen. Einen Sherpa, der ihm wie aus dem Gesicht geschnitten gleicht. Es ist sein Vater, und der Vater ist so jung, dass er sein Sohn sein könnte.

Dumpf und nagend, dieser Kopfschmerz. Als zerriebe eine Knochenmühle Marions Nackenwirbel. Eigentlich ein Montagmorgenschmerz, wie er sich manchmal nach harmonischen, entspannten Wochenenden einzustellen pflegte. Dabei war es doch erst Sonntag.

Nach dem Frühstück gingen sie zurück ins Zimmer, um zu packen. Marion plante, ihren Koffer beim Portier unterzustellen; ihr Zug fuhr erst um vier, sodass sie vorher noch ein wenig durch die Stadt flanieren konnte.

«Soll ich dich zum Schiff begleiten?», fragte sie.

«Nicht nötig. Weißt du, das ist immer eine mühselige Prozedur.» Während er weitersprach, nahm Daniel einen Wollpullover aus dem Schrank und warf ihn neben seine offene Reisetasche auf das Bett. «Zuerst das Anstellen und die Drängelei beim Einchecken, und dann das elendslange Warten, bis wir endlich ablegen. Mach du dir wenigstens noch ein paar schöne Stunden.» Er hielt inne, schien etwas zu überlegen, drehte sich dann um und ging ins Badezimmer.

Marions Blicke streiften durch den Raum – ein kleiner Abschied – und verweilten wehmütig auf Daniels Tasche. Unterwäsche, Schuhe, Hemden, ein verschlungenes Handyladekabel. Aus dem Seitenfach, halb eingeklemmt zwischen den Zähnen des metallenen Reißverschlusses, ragte das zerknautschte Ende eines blauen Plastikbeutels. Unwillkürlich streckte Marion den Arm aus, um es in den Spalt zurückzuschieben.

«Finger weg!»

Der Schrei ließ sie zusammenfahren, und noch bevor sie überhaupt begriff, was vor sich ging, zog sie im Schock die Hand zurück wie ein beim Stehlen ertapptes Kind. Das Blut schoss heiß in ihren wehen Kopf, in ihr erschrockenes Gesicht.

Im Türrahmen stand Daniel, bestürzt über sich selbst, und rang um Worte. «Du, entschuldige … Ich wollte nicht …» Er machte einen unsicheren Schritt in ihre Richtung. «Das … Das war ein Missverständnis.»

Eine Zeitlang starrte sie ihn an wie einen Fremden. «Missverständnis», wiederholte sie dann tonlos.

«Ja. Verzeih mir, ich bin heut nicht ganz bei mir.»

Ihr Puls beruhigte sich allmählich, und sie fühlte plötzlich eine große Müdigkeit. «Seit gestern bist du schon woanders», meinte sie. «Warum?»

Er sagte nichts. Er stand nur da und sah an ihr vorbei und schwieg.

Nach einer Weile wandte sie sich ab. Sie trat zum Fenster und betrachtete die Wolken, während er wieder im Bad verschwand.

Dumpf und nagend, dieser Kopfschmerz. Als zerreibe eine Knochenmühle Daniels Nackenwirbel. Dazu dieses Brummen, so konstant und tief, dass es das Zwerchfell stärker martert als das Trommelfell: ein fernes Beben, eine stete Vibration, die aus dem Boden und den Wänden dringt. Das Bullauge, von einem Rettungsboot verdeckt, lässt nur gedämpftes Licht herein, und dabei darf sich Daniel noch glücklich schätzen, dass ihm als Beschäftigtem der Reederei eine Außenkabine zugewiesen worden ist.

Er sieht schon seit Minuten auf die Uhr. Es ist erst kurz nach eins, und er ertappt sich bei der Überlegung, auf das Oberdeck zu gehen und nachzusehen, ob Marion vielleicht doch am Pier steht, um ihm zuzuwinken. Ärgerlich über sich selbst – er ist es ja gewesen, der sie davon abgehalten hat, zum Hafen mitzukommen! – öffnet er die Reisetasche. Eine Zahnbürste und einen blauen Plastikbeutel, das ist alles, was er brauchen wird.

Und Marion?

Beim Abschied sind sie beide sehr um Harmonie bemüht gewesen – Marion im Glauben, dass er schon in einer Woche, er in der Gewissheit, dass er niemals wiederkommen wird. Ein Kuss und eine zärtliche Umarmung, ein paar landläufige Floskeln.

«Gib schön acht auf dich.»

«Lass mir die Kinder grüßen.»

«Mach ich.»

«Und … Entschuldige noch einmal wegen vorhin.»

«Ist schon gut.»

Sie hat sich sacht von ihm gelöst und ist dann – ohne sich noch einmal umzudrehen – in Richtung Markusplatz davongegangen.

Marion …

Jetzt, wo er frei ist für die Suche nach dem Vater, klammern sich seine Gedanken an ihr fest. Wahrscheinlich hat es etwas Gutes, denkt er, dass er heute früh so schroff zu ihr gewesen ist: Der letzte Eindruck, den er damit hinterlassen hat, wird ihre Trauer über seinen Tod vielleicht ein wenig lindern.

Und die Kinder? Daniel fragt sich, wie es ihnen geht, was sie gerade tun. Wie gern würde er sie noch einmal in den Arm nehmen und an sich drücken.

Das sonore Brummen wird mit einem Mal von einem dumpfen Klopfen überlagert, dazu kommt ein hohes Sirren, das Daniel an ein Grillenkonzert auf einer Sommerwiese denken lässt.

Er nimmt den Kunststoffbeutel aus dem Seitenfach

der Reisetasche, um das Tagebuch hervorzuholen, es in der Hand zu halten, es zu spüren. Er sucht und tastet, seine Finger wühlen sich tiefer, zucken hin und her, ein Käfer in der Falle, und erstarren.

Für einen Augenblick steht auch sein Herz still, aber dann, mit einem scharfen Schlag, beginnt es wild in seiner Brust zu hämmern.

Es ist nicht mehr da. Das Heft ist nicht mehr da.

Er reißt die Kleider aus dem Beutel, wirft sie achtlos auf den Boden, stülpt das Innere des Sacks nach außen, tut das Gleiche mit der Reisetasche, sucht wie ein Besessener, sogar im Schrank, den er zuvor noch nicht geöffnet hat. Kein Tagebuch – dafür ein brennender Verdacht.

Kopfüber stürzt er auf den Flur vor der Kabine, wühlt sich durch den Strom genervter Passagiere, die noch ihre Zimmer suchen, stürmt – begleitet von einem euphorischen, aus unsichtbaren Boxen dringenden Gesang (Rod Stewart: *I am sailing*) – Richtung Treppe. Zwei Decks tiefer ist der Ausgang: eine Schleuse wie am Flughafen, flankiert von Wachleuten, versperrt von einem mächtigen Gepäckscanner, um den sich eine Unzahl Feriengäste drängen. Mit der Forschheit eines Rammbocks rempelt er sich durch die Menge, während er die Bordkarte aus seiner Jacke zieht.

«Wir legen bald ab.» Ein fragender Blick. «Sie wollen tatsächlich noch einmal von Bord?»

Aufbruch

Wie eine Statue steht sie auf der Mole, weiß und reglos, und schaut zu den Schiffen, die im Sonnenlicht vor Anker liegen. Schwer zu sagen, ob sie jemanden erwartet oder ob sie einfach nur den Wind genießt, den letzten Atemzug eines Sciroccos, der ihr lau über die Wangen streicht. Sie hält etwas in ihrer linken Hand, wahrscheinlich einen Stadtplan wie die anderen Touristen, die mit Rucksäcken und Kameras an ihr vorüberziehen.

Nicht weit von ihr fliegt eine Möwe auf. Ein Mann kommt auf sie zu, die Hände in den Hosentaschen und den Blick gesenkt. Er drosselt seine Schritte, zögert. Bleibt dann vor ihr stehen und hebt den Kopf. Die beiden sagen nichts. Sie sehen einander an.

Der Schlag kommt ansatzlos: Sie drischt ihm ihre Faust so heftig ins Gesicht, dass ihm das Blut schon aus der Nase schießt, noch ehe sie den Arm zurückzieht.

Eine Kinderstimme, aufgeregt in einer fremden Sprache, schrill und dissonant. In sicherer Entfernung eine Menschenschar, man deutet auf das Paar und stößt entsetzte Rufe aus; schon klickt der eine oder andere Fotoapparat.

Ihm tropft das Blut vom Kinn und ihr die Tränen. Kurzerhand setzt sie sich in Bewegung, geht an ihm vorbei und steuert auf die Lagerhallen zu. Er folgt ihr wie an einer unsichtbaren Leine.

In einer vergessenen Ecke des Hafens, wo der Müll sich sammelt wie der Staub im Winkel einer Abstellkammer, lassen sie sich nieder, erst die Frau, nach langem Zögern auch der Mann. Auf einer umgestürzten Tiefkühltruhe sitzen sie, umgeben von Gestrüpp und leeren Plastikflaschen.

Eine Zeitlang stieren die beiden wortlos vor sich hin; man weiß nicht, ist das mehr ein Zeichen von Gemeinsamkeit oder von Einsamkeit. Erst nach Minuten öffnet sie den Mund und spricht, und wieder weiß man nicht, spricht sie nur mit sich selbst oder mit ihm.

«Das ist es also», murmelt sie. «So schaut das Ende aus.»

Er rührt sich nicht. Nur seine Zungenspitze schiebt sich hin und wieder durch die Lippen, um an einem dünnen Rinnsal Blut zu lecken, das ihm aus der Nase sickert.

Langsam dreht sie sich zu ihm, um ihm den Stadtplan hinzustrecken. Aber nein, es ist kein Plan, es ist ein altes Schreibheft, grau-weiß marmoriert und abgegriffen.

«Nimm.»

Er rührt sich nicht. Sie lässt das Heft mit einem Achselzucken auf den Boden fallen.

«Du feiges Schwein … Und ich Idiotin. Sitze da und rede mit mir selbst. Mit meinem Mann kann ich ja nicht mehr reden, der ist ja ersoffen, irgendwo im Mittelmeer, ich bin jetzt Witwe, und die Kinder sind jetzt Waisen. Schade nur, dass ihm die Zeit mit mir so unerträglich war, er hätt es mir schon sagen können, eine saubere Trennung hätt ich besser ausgehalten.»

Endlich eine Reaktion. Er formt die Worte stockend; seine Kiefer setzen sich nur schleppend in Bewegung wie das Räderwerk einer verrosteten Maschine.

«Nein … So ist es nicht … Du und die Zwillinge … Ihr wart das einzige Erträgliche in dieser Zeit.»

Sie wartet darauf, dass er weiterredet, doch er tut es nicht, und so erwidert sie mit einem abfälligen Kopfschütteln: «Was war denn bitte gar so schlimm an dieser Zeit?»

«Die Leere», sagt er leise. «Und die Angst … Du kannst dir gar nicht vorstellen … Keiner kann sich vorstellen, wie ich diese Welt … Wie sie mich ankotzt und beängstigt, diese Welt. Die Sattheit und die Dumpfheit und die Kälte, keine Höhen und Tiefen, nichts, was wir für unsere Kinder aufbauen können, keine Hoffnung, dass irgendetwas besser wird, im Gegenteil, es wird nur alles immer schlimmer, diese ständigen Bedrohungen, die an uns zehren und uns vergiften. Erderwärmung, Wassermangel, Artensterben, Gier und Armut, Kriege, Pandemien und Wirtschaftskatastrophen – und noch nicht einmal ein Schuldiger, ein Unmensch, gegen den man kämpfen kann. Die Unmenschen sind wir, die Menschen. Die gesamte Menschheit.»

«Und da hast du dir gedacht, du machst dich einfach aus dem Staub, dann werden unsere Kinder eine glücklichere Zukunft haben?»

«Nein … Ich habe doch gewartet, bis … sie groß sind. Bis sie es verkraften können.»

«So wie du es damals offenbar verkraftet hast.»

Er schweigt.

«Wenn alles so entsetzlich ist», sagt sie, und ihre Stimme klingt jetzt überraschend sanft, «wo wolltest du dann hin? Wo ist der Ort, an dem es besser ist, wo ist dein …», ihre Blicke mustern nachdenklich das Schreibheft auf dem Boden, «dein verlorenes Spiegelbild?»

Kaum hat sie ihre Frage ausgesprochen, als das Dröhnen eines Schiffshorns in den Himmel steigt. Die mächtige Fassade eines Kreuzfahrtschiffs schiebt sich behäbig aus dem Hafenbecken; später erst, südöstlich der Lagune, wird das schwimmende Hotel an Fahrt gewinnen.

«Sag schon, wo?»

Er dreht den Kopf in Richtung Hafeneinfahrt, aber seine Augen suchen nicht das Schiff, sie suchen einen Punkt, der weit dahinter liegt. Dabei verzieht er das Gesicht, er scheint jetzt tatsächlich zu grinsen, doch es ist kein Grinsen, nur das Zerrbild eines Grinsens, eine Fratze der Verzweiflung, ein Riss in einem altersschwachen Staudamm.

«Ich will nur … zurück. Ich will zurück zu ihm … Ich will ihn wiederhaben …» Seine Stimme bebt. «Mit ihm war alles … ganz. Die Welt war ganz. Ich selbst war ganz. Ganz sicher, ganz geborgen, ganz … *verstanden*. So was Großes kann doch nicht … von einem Tag zum anderen … mit einem Fingerschnippen, einfach so …»

Er kann nicht weiterreden. Mit gesenktem Kopf und hochgezogenen Schultern sitzt er da und wird von einem stummen Krampf geschüttelt, rhythmisch zuckt sein ganzer Körper. Erst nach einer Weile unternimmt er wieder den Versuch zu sprechen, schnappt nach Luft, bringt aber nichts als einen langgedehnten Ton hervor, ein federndes Vibrato, das ein wenig an das Wimmern eines losen Keilriemens erinnert.

Über seinem Kopf schwebt plötzlich ihre Hand. Sie schwebt und wartet, unentschlossen, ob sie sich auf seinen Haaren niederlassen soll. Und als sie schließlich doch hinuntersinkt und ihn berührt, da weicht mit einem Mal die Anspannung aus seinen Schultern, sie erschlaffen wie ein Fallschirm nach der Landung.

Jetzt erst bricht der Damm. Er bricht mit einem Schwall von Tränen und mit einem leisen Schluchzen.

Wenn Erwachsene weinen, kehren sie unweigerlich zurück in ihre frühe Kindheit. Sprach- und schutzlos tauchen sie in einen Urwald ein, in einen Dschungel der Empfindungen, der sich mit keinem Kompass und mit keiner Landkarte erschließen lässt. Befreit von allen Überlegungen und Reflexionen baden sie gewissermaßen in der Quelle ihrer Existenz. Das Weinen ist ein Akt der Reinigung, ein Akt der Anteilnahme an sich selbst.

Das Paar sitzt immer noch im Hafen von Venedig, aber es wirkt friedlicher, entspannter als vor einer Stunde.

«Warum hast du mir denn nichts davon erzählt?», fragt sie und deutet auf das Heft, das nach wie vor am Boden liegt.

«Ich hab mich so vor dir geschämt. Ich meine, jeder Mensch geht irgendwann davon, und die, die bleiben, sollten damit fertigwerden.»

«Glaubst du wirklich, dass dein Vater noch am Leben ist?»

Er zuckt die Achseln, denkt ein paar Sekunden nach. «Wahrscheinlich ist es nur ein Hirngespinst. Wahrscheinlich ist er einfach nur gestorben. Mein Vater der Wunsch, und ich der Gedanke … Aber was glaubst du?»

«Es zählt nicht, was ich glaube. Nicht in diesem Fall.» Sie bückt sich, hebt das Schreibheft auf und wischt es ab. «Wenn du ihn suchen musst, dann suchen wir gemeinsam. Du und ich.»

Er hebt den Kopf. «Du kannst doch nicht so einfach fort, du hast doch deine Arbeit.»

«Krank werden die Menschen auch woanders.» Mit dem Anflug eines Lächelns mustert sie sein blutverkrustetes Gesicht. «Zum Beispiel hier. Du solltest einmal in den Spiegel schauen.»

Aus dem Nordosten, von Santa Lucia her, kann man die Räder eines einfahrenden Zuges kreischen hören. Ein Rudel Tauben flattert auf.

«Ich glaube», sagt er und erwidert ihren Blick, «das tu ich schon.»

Das Gedicht auf Seite 178, 179 stammt aus dem Nachlass meines Vaters Kurt Slupetzky.

Ein großes Dankeschön an meine Lektorin Katharina Schlott, meine Frau Julia Maetzl, meine Tochter Fanny Fritz und meine Freunde Alexander Potyka und Ivo Schneider.

Stefan Slupetzky bei Rowohlt, Kindler und rororo

Absurdes Glück

Der letzte große Trost

Halsknacker

Polivka hat einen Traum

Lemming-Reihe

Das Schweigen des Lemming

Der Fall des Lemming

Lemmings Himmelfahrt

Lemmings Zorn

MIX
Papier aus verantwortungsvollen Quellen
FSC® C083411

Das für dieses Buch verwendete Papier ist FSC®-zertifiziert.